Die versteckte Schönheit

AF216538

Manfred Bilinsky

Die versteckte Schönheit

Bibliografische Information der Deutschen Nationalbibliothek:
Die Deutsche Nationalbibliothek verzeichnet diese Publikation in der Deutschen Nationalbibliografie; detaillierte bibliografische Daten sind im Internet über http://dnb.dnb.de abrufbar.

© 2023 Manfred Bilinsky

Herstellung und Verlag: BoD – Books on Demand, Norderstedt

ISBN: 978 3748 156086

Der Autor, Manfred Bilinsky, verfasst seine Romane in einer leicht lesbaren und einfachen Sprache.

Diese Geschichte ist vorwiegend mit Dialogen versehen und die sexuellen Szenen sind schamlos und freizügig, nach wahren Begebenheiten geschrieben.

Lena Sommer ist eine sehr schüchterne und ruhige junge Frau. Sie ist schlank, groß uns trotzdem zierlich. Die 30-jährige versteckt ihre Weiblichkeit hinter weiten Shirts, weiten Pullis und übergroßen Hosen. Ihre Haare trägt sie stets, zusammengebunden und Make-up trägt sie nie. Sie führt ein zurückgezogenes und einfaches Leben. In der Öffentlichkeit würde sie am liebsten, unsichtbar sein.

Seit 10 Jahren arbeitet sie als Helferin, bei der Firma Valentina Mannequin, wo vorwiegend Frauen beschäftigt sind. Dieses Unternehmen produziert Schaufensterpuppen und vertreibt auch, Kleidung, Perücken und weitere Mode Accessoires für die Modepuppen. Als Helferin ist sie eigentlich für alle Hilfstätigkeiten, im Betrieb zuständig. Da sie aber technikinteressiert ist, teilt der Geschäftsführer Mark Gruber, sie vorwiegend als Helferin in der Technikabteilung ein.

Ihre Kollegen und Kolleginnen, sehen in ihr ein typisches Mauerblümchen. Im Vergleich zu ihr, sind ihre Kolleginnen genau das Gegenteil. Die Damen im Büro sind elegant weiblich und teilweise sexy bekleidet. Zudem sind sie sehr attraktiv und selbstbewusst in ihren Bewegungen. Ein wahrer Augenschmaus für die Herren. Auch in der Produktion sind die Mitarbeiterinnen, hübsch anzusehen. Figurbetont und gestylt präsentieren sich fast alle Frauen, mit wenigen Ausnahmen, zuzüglich Lena.

Trotz ihrer Mauerblümchen-Erscheinung, ist Lena beliebt und von der Belegschaft auch akzeptiert. Ihre Arbeit macht sie immer korrekt und sehr gewissenhaft. Freundinnen hat sie im Unternehmen keine, dafür ist sie zu verklemmt und schüchtern.

In der Haustechnik arbeitet nur 1 Techniker und die Helferin Lena. Sie sind für den gesamten Betrieb zuständig. Lena arbeitet bereits seit 10 Jahren mit Rolf zusammen. Er respektiert sie, aber er ist ein typischer Macho. Die Arbeitsaufteilung zwischen den beiden, ist eher klassisch. Sie ist die Helferin und er der Boss. Solange sie nicht belästigt wird, ist es für sie in Ordnung. Rolf ist jedoch ein guter Lehrmeister, auch wenn sie nicht selbständig eine Arbeit erledigen darf, so eignet sie sich ein gutes Wissen an.

Rolf hat ein gutes Angebot einer anderen Firma bekommen und kündigt bei Valentina Mannequin. Lena bekommt einen neuen Kollegen. Charly ist 36 Jahre alt, sehr gutaussehend und von den attraktiven Büro-Damen, bereits von Beginn an, ins Visier genommen worden. Anders als bei Rolf, ist Charly jedoch kein Macho, sondern ein freundlicher und ruhiger Mann.

Er akzeptiert Lena von Beginn an und behandelt sie, wie eine gleichwertige Technikerin. Das gefällt Lena sehr.

Sein respektvoller Umgang und sein attraktives Aussehen, löst in Lena etwas Ungewohntes aus. Bei jedem Flirten der hübschen Kolleginnen mit Charly, spürt sie ein unbehagliches Gefühl. Lena bewundert ihren Kollegen genauso wie die weibliche Belegschaft und weiß, dass sie mit den aufgestylten Ladys nicht mithalten kann.

In den Büroräumen tragen die Frauen, elegante feminine und modische Kleidung. Teilweise sehr sexy und ihre Beine werden mit Nylonstrümpfen verziert. Ihre High-Heels wirken elegant bis erotisch und strecken deren Beine noch mehr. Ihre Frisuren sind stets perfekt und ihr Gesicht mit Make-up verschönert und betont.

Lena fühlt sich weder attraktiv noch hat sie ein sicheres Selbstbewusstsein. Dementsprechend zieht sie sich in ihr schüchternes Schneckenhaus zurück. Still und verdeckt blickt sie neidisch auf ihre Kolleginnen und kann nur davon träumen, Charly zu imponieren.

Mittlerweile sind 4 Monate vergangen und Charly hat sich gut eingelebt. Er wohnt in einem ehemaligen Bauernhaus, was er günstig kaufen konnte.

Sein Job gefällt ihm sehr und auch seine hübschen Kolleginnen, die im Betrieb tätig sind. Charly ist sehr begehrt beim weiblichen Personal. Unnötige Reparatur-Einsätze in den Büros zeigen seine Beliebtheit. Er genießt den Anblick der schlanken und hübschen Frauen. Auf ihre Flirts lässt er sich sehr gerne ein und er hat seinen Spaß mit den Kolleginnen.

Die meiste Zeit verbringt er mit Lena, was zur Verwunderung bei den attraktiven Frauen beiträgt. Er steht zu Lena, egal was andere Personen, vorwiegend Frauen, über sie sagen.

Seit der Trennung von seiner Ex-Geliebten Silvia, hatte er nur belanglose Sex-Abenteuer. Charly mag Lena sehr, obwohl sie stilgemäß genau das Gegenteil von Silvia ist.

Die Gespräche zwischen Lena und Charly sind auch im privaten Bereich. Immerhin arbeiten sie täglich zusammen und sie verstehen sich ausgezeichnet. Lena wird zusehends offener gegenüber Charly. Da er ihr Vertrauen gewonnen hat, spricht sie mit Charly mehr, als die ganzen 10 Jahre davor. Noch nie hat sich Lena einen Kollegen so anvertraut.

Trotz ihres Vertrauens zu Charly, bleibt sie weiterhin ein Mauerblümchen. Unqualifizierte Bemerkungen diverser Kollegen, aber auch Kolleginnen, kränken sie weiterhin. Das geht oft soweit, dass sie heimlich weint. Charly sieht das überhaupt nicht ein und bezieht klare Haltung, wenn Lena diskriminiert oder beleidigt wird. Er macht es aber nicht aus Mitleid, sondern aus Respekt, gegenüber Lena und weil er sie sehr gern hat. Für Charly ist Lena ein wunderbarer Mensch. Sie ist ehrlich, fleißig, sehr hilfsbereit und eine wahre Freundin.

Nachdem Charly einen Kollegen zurechtstutzte, weil er Lena respektlos behandelte, umarmte Lena ihn dankend und in ihrer Emotion heraus, gab sie ihm einen Kuss auf den Mund. Ihr war es unendlich peinlich und sie wäre am liebsten, im Erdboden versunken. Doch Charly hat ihre Dankbarkeit gefallen und seither, begrüßen sie sich mit einem Kuss auf den Mund. Wie eine Schwester ihren Bruder. Dies hat sich eingebürgert und zollt den gegenseitigen Respekt und Anerkennung, auf beruflicher und menschlicher Ebene.

Charly kommt wie jeden Tag gutgelaunt und fast zeitgleich mit Lena, in die Firma. Zur Begrüßung geben sich die beiden einen Kuss auf den Mund und zu diesem morgendlichen Ritual gehört auch der gemeinsame Kaffee, in ihrer Werkstatt.

Während sie die Arbeiten für diesen Tag besprechen, kommt der Geschäftsführer Mark Gruber zu ihnen: „Guten Morgen. In der Produktion gibt es ein Problem, welches ihr beheben müsst. Teile der Puppen weisen scharfe Kanten auf. Charly, ihr Vorgänger konnte es mit Lena nicht optimieren. Kümmern Sie sich darum."

Kurz und bündig sind die Anweisungen von Herrn Gruber. So schnell wie er erscheint, ist er auch schon wieder weg.

Charly nimmt den Werkzeugwagen und geht mit Lena zu der besagten Maschine.

Sie begutachten die Problemstelle und Lena sagt: „Darf ich meine Meinung dazu sagen?"

Charly: „Natürlich, warum fragst du, ob du etwas dazu sagen darfst? Lena, wie du weißt, bin ich ein ausgebildeter Kfz-Techniker, der jahrelang in der Autobranche tätig war. Du kennst diese Maschinen besser als ich. Also, frage mich niemals mehr, ob du etwas dazu sagen darfst. Wir sind ein Team. Okay?"

Lena: „Entschuldige bitte. Ja, das hast du mir schon mehrmals gesagt. Doch, ich kann mich nicht ändern. Ich bin es so gewohnt."

Charly lächelt sie an und sagt: „Bitte keine Entschuldigung. Ich mag und schätze dich sehr, Lena. Nun, was hast du erkannt?"

Lena: „Siehst du diesen Temperaturfühler? Er sitzt nicht richtig in der Verankerung. Dadurch könnte er falsche Signale geben. Das Material braucht während dem Pressvorgang die optimale Temperatur."

Charly fragt: „War dieses Problem schon immer, oder erst kürzlich?"

Lena: „Seit dem Werkzeugwechsel auf diese Spritzguss-Platte."

Charly: „Gut, dann machen wir es so. Bauen wir das Teil aus und wir schauen uns das genauer an. Möchtest du mit der Demontage beginnen und ich hole den Kran?"

Lena: „Wirklich? Du bist der Techniker."

Charly: „Und du die Technikerin, die diese Maschine besser kennt als ich."

Lena lächelt und Charly zwinkert ihr zu.
Während Charly den Kran herbei führt, montiert Lena mit ihren ganzen Körpereinsatz die Platte ab. Der Maschinenführer amüsiert sich dabei köstlich auf Kosten von Lena.

Charly gefällt das überhaupt nicht und stellt sich neben den Maschinenführer: „Erstaunlich, wie eine schlanke und zierliche Frau, die Maschine beherrscht, oder?"

Der Maschinenführer: „Der Anblick ist doch lächerlich."

Charly: „Lächerlich ist, dass diese Frau mehr Power hat und die Technik besser versteht als der gelernte Maschinenführer. Und jetzt verschwinde und lass uns arbeiten."

Charly unterstützt seine Kollegin beim Ausbau. Lena ist sehr fokussiert auf die Arbeit und Charly genießt ihre Nähe.
Mit vereinten Kräften hängt die 1200 kg schwere Spritzgussplatte nun an dem Kranhaken.

Lena fällt sofort etwas auf: „Das Spiel des Fühlers, dürfte nicht relevant sein, Charly. Schau hier. Die Abstände passen und der Pressdruck dürfte auch stimmen."

Charly: „Woran liegt es dann? Eventuell ist sie falsch eingestellt?"

Lena überlegt kurz und sagt: „Schon möglich. Charly, gib mir fünf Minuten. Ich werde es neu berechnen."

Charly hat vollstes Vertrauen in Lena. Nach wenigen Minuten kommt Lena zurück: „Die Presstemperatur ist um 3 Grad zu hoch. Bei 256 Grad läuft das Material zu dünnflüssig durch."

Charly ist beeindruckt: „Gut, dann bauen wir es wieder zusammen und stellen die Maschine neu ein."

Nach dem Einbau und der Neujustierung, schauen sie gespannt auf das fertig gepresste Teil.
Charly freut sich: „Du hast es geschafft, Lena. Dank deines Wissens ist die Produktion gerettet."

Lena umarmt vor Freude ihren Kollegen und sagt: „Wir gemeinsam, haben es geschafft."

Während Charly die Maschine freigibt, kommen, der Geschäftsführer und der Maschinenführer.

Mark Gruber fragt: „Charly, haben sie den Fehler gefunden?"

Charly antwortet: „Nein. Es war Lena, die den Fehler gefunden und behoben hat."

Mark Gruber: „Mit ihrer männlichen und technischen Unterstützung natürlich."

Er klopft Charly auf die Schulter und geht wieder. Charly schaut ihm fragend nach und dann widmet er sich dem Maschinenführer, in Anwesenheit von Lena: „Herr gelernter Fachmann. Die Maschine war falsch eingestellt. Soviel ich weiß, gehört es zu deinen Aufgaben. Wie auch immer, ich rate dir, die Betriebsanleitungen zu studieren und eine Lehrstunde bei Lena zu absolvieren. Ist es nicht bedenklich, dass eine Frau, die Maschineneinstellung besser kennt als du? Nein, eher lächerlich, oder? Komm Lena, lass uns gehen."

Nach einer kurzen Pause in der Werkstatt gehen sie in das Bürogebäude, um einen Auftrag zu erledigen. Hier liegen freiliegende Kabeln auf dem Boden. Charly und Lena, wollen diese in einem Schacht verstecken, damit niemand darüber stolpern kann. Sie befinden sich im Meetingraum, neben dem Büro des Geschäftsführers.

Charly öffnet die Bodenabdeckung damit er den Schacht einsehen kann. In diesen Schächten laufen sämtliche Stromkabel und alle Räume sind verbunden. Als er die Stimme vom Geschäftsführer durch den Schacht hört, beginnt er zu lächeln und zeigt Lena mit dem Finger auf dem Mund an, sie solle leise sein und kommen. Beide lauschen dem Telefonat vom Geschäftsführer Gruber. Etwas unverständlich ist zu hören, dass es um einen Verkauf geht.

Lena flüstert: „Was will er verkaufen?"

Beide lauschen beim Bodenschacht, um mehr zu hören.

Sätze wie: Das muss die Inhaberin nicht wissen.... Die Belegschaft wird nicht gefragt.... Der Deal ist streng vertraulich....

Das beunruhigt Charly und Lena gleichermaßen. Am Ende des Gesprächs, schließt Charly den Bodenschacht und sagt leise: „Was hat er mit der Firma vor? Wenn er die Inhaberin umgehen will, ist es doch Betrug, oder? Wer ist die Inhaberin eigentlich? Kennst du sie?"

Lena: „Nein, niemand kennt sie. Bekannt ist nur ihr Vorname. Valentina. Was machen wir jetzt?"

Charly: „Wir bräuchten Einsicht in die Unterlagen. Oder noch besser, die Inhaberin persönlich."

Lena: „Da wir die Inhaberin nicht kennen, bleibt nur, Einsicht verschaffen."

Charly: „Der Gruber hat keine Ahnung von Technik. Die Kabel müssen doch auch durch sein Büro?"

Lena: „Nein, gar nicht."

Charly lächelt: „Weiß er das auch?"

Lena: „Toller Plan, jetzt habe ich es verstanden."

Charly: „Du bleibst da. Wir tun so, als ob wir Kabeln einziehen müssen. Lausche am Schacht."

Charly klopft beim Büro des Geschäftsführers an. Nach dem Hereintreten sagt er: „Herr Gruber, so leid es mir tut, wir müssen Kabeln einziehen, auch in ihrem Büro."

Mark Gruber: „Wozu? In diesem Büro ist doch alles erneuert worden."

Charly: „Ja, schon, jedoch nicht im Nebenraum, da kommen wir nur von dieser Seite an ein Kabel das sich verzwickt hat."

Mark Gruber: „Gut, dann machen sie ihre Arbeit."

Charly öffnet die Boden Lücke und sagt mit lautem Ton: „Lena, schieb mal an."

Das Geschrei von Charly und Lena, wird immer lauter, worauf Gruber fragt: „Gut, wie lange braucht ihr?"

Charly: „Maximal eine Stunde."

Gruber: „Ihr habt 30 Minuten. Ich vertraue auf sie, Charly."

Nun haben Lena und Charly die Möglichkeiten, irgendetwas schriftliches zu finden, was ihren Verdacht bestätigt. Charly passt auf, dass niemand kommt und Lena durchsucht den Schreibtisch. Alles was ihr eigenartig erscheint, fotografiert sie mit ihrem Handy. Besonderes Augenmerk legt sie auf einen Ordner der mit *China-Geschäft* beschriftet ist. Die Zeit verfliegt rasant und kurz bevor Gruber kommt, beenden sie die Durchsuchung. Lena geht in den Meetingraum zurück und zeitgleich schließt Charly den Bodenschacht als Gruber erscheint.

Charly sagt: „Wir sind fertig. Nun sind sie wieder ungestört."

Charly geht zu Lena in den Meetingraum und fragt sie leise: „Hast du etwas gefunden?"

Lena: „Ich denke, schon. Ich muss mir die Fotos genau ansehen. Das mache ich daheim auf dem Computer."

Charly schaut auf die Uhr und sagt: „Lassen wir es gut sein für heute. Ich hätte daheim auch noch einiges beim Haus zu tun. Bald ist Feierabend, das machen wir morgen fertig."

Lena: „Soll ich dir helfen?"

Charly: „Das ist lieb von dir. Hast du nicht genug Material gesammelt, was du besichtigen musst?"

Lena: „Das kann ich anschließend erledigen."

Charly lacht: „Ja, dann liebend gerne, Lena. Doch nur, wenn du mit mir, ein Gläschen trinkst."

Lena: „Sehr gerne."

Daheim bei Charly:

Nachdem sie sich auf ein Bier geeinigt haben, sitzen sie gemütlich auf der Terrasse. Lena überfliegt die Fotos auf dem Handy und sagt: „Das ist sehr eigenartig. Was hat Gruber mit China zu tun? Wir produzieren nicht für China, wir sind Konkurrenten."

Charly: „In der heutigen Zeit, sollte man schon mehr expandieren und kooperieren. Immerhin ist Valentina Mannequin ein internationaltätiges Unternehmen."

Lena: „Ich werde es mir daheim ganz genau ansehen."

Charly: „Entspann dich und genieße das Bier."

Lena lächelt: „Ja, mache ich. Schön, hast du es dir gemacht. Tolle Arbeit, Respekt."

Charly: „Dank dir, Lena. Immerhin hast du mir bereits bei einigem geholfen. Wie kann ich mich revanchieren?"

Lena schaut Charly in die Augen und sagt: „Bleib so wie du bist, für mich. Das ist mehr Wert, als alles andere. Nur eines kannst du zukünftig lassen, flirte nicht so viel mit den hübschen weiblichen Kolleginnen."

Charly: „Höre ich da eine Eifersucht?"

Lena: „Ich beschütze dich vor den Fängen der Frauen."

Charly: „Aha, du beschützt mich. So nennt man es heutzutage. Ich fühle mich geehrt, von dir beschützt zu werden."

Beide lachen über diese Unterhaltung.

Charly fragt neugierig: „Lena, warum verschließt du dich der Männerwelt? Unter deiner Hülle steckt doch eine weibliche Schönheit."

Lena schmunzelt und sagt: „Unter meiner Hülle? Jetzt wird es interessant. Ich höre dir zu."

Charly: „Nun, dein Outfit gleicht doch einer Hülle. Deine Schönheit, erkennt man an den wenigen Stellen, die außerhalb deiner Hülle liegen. Dein bezauberndes Lächeln in deinem hübschen Gesicht. Deine Haare, auch wenn sie stets zusammengebunden sind, deine erotischen Ohren, deine Hände sind zart und wunderschön, genauso wie dein Hals. Alles andere kann man nur erahnen unter der Hülle. Wobei ich denke, dass alles an dir wunderschön ist. Also, Lena, warum zeigst du dich nicht, in deiner gesamten Schönheit?"

Lena blickt auf ihre Bierflasche und spielt am Etikett, dann sagt sie: „Vielleicht zum Eigenschutz? So beachtet mich niemand und ich fühle mich geschützt."

Charly: „Ich bin mir sicher, wenn du dich nur annähernd so kleiden würdest, wie unsere Bürodamen und deine Haare offen trägst und nur ein wenig deine leuchtenden Augen betonen würdest, übertriffst du die gesamte weibliche Belegschaft."

Lena: „Süß von dir, Danke. Es schmeichelt mich wirklich sehr. Doch, möchte ich das überhaupt? Aufgemotzt am Präsentierteller, auf derselben Stufe wie die Frauen in unserem Betrieb? Ist das wirklich wichtig?"

Charly: „Nein, es ist nicht wichtig, ganz im Gegenteil. Ich möchte nur herausfinden, warum du dich versteckst? Was ist passiert, Lena? Ich denke, du sehnst dich auch nach Liebe und körperlicher Wärme, wie alle Menschen."

Lena: „Ja, schon, und trotzdem habe ich Angst davor."

Charly: „Vor was genau, hast du Angst?"

Lena: „Vielleicht, vom selben wie du? Seit ich dich kenne, hast du nur sexuellen Kontakt mit

Frauen, sprich unsere attraktiven Kolleginnen, aber keine Beziehung. Jedes Mal, wenn ich dich sehe, wie du mit einer attraktiven Kollegin flirtest, denke ich, bitte nicht schon wieder. Kann es sein, dass in dir die gleiche Angst schwebt, wie in mir?"

Charly: „Ja, ich wurde belogen und betrogen, das zeichnet einen Menschen. Davor flüchtete ich und ließ alles hinter mir. Ein belangloser Sex, kann auch schön sein. Das mit den attraktiven Kolleginnen, ist nicht von Bedeutung."

Lena: „Nach deinem Flirten zu urteilen, liegen dir die Kolleginnen zu Füßen."

Charly: „Ich spiele ihr Spiel, aber verbrenne mich nicht an ihrem Feuer. Kann es sein, dass wir uns ähnlicher sind, als wir glauben?"

Lena schaut Charly tief in die Augen und sagt: „Schon möglich."

Dann, trinkt sie das Bier aus, steht auf und sagt: „Danke, Charly. Eigentlich bin ich zum Arbeiten gekommen. Ich wollte dir helfen. Was möchtest du tun?"

Charly: „Ich möchte mich einfach mit dir unterhalten. Bleib doch sitzen. Wir nehmen uns nie die Zeit, zu reden."

Lena setzt sich wieder und sagt: „Gut, aber sag nicht, ich hätte dich aufgehalten."

Charly: „Nein, das mache ich nicht. Also, Lena, was denkst du, wenn du mich flirten siehst?"

Lena schmunzelt verlegen: „Dann kommt wieder eine Bettgeschichte in deiner Sammlung hinzu. Kannst du das, ohne Liebe mit einer Frau schlafen?"

Charly: „Sex ist doch Liebe. Aber, wie kommst du darauf, dass ich mit jeder Frau, die mit mir flirtet, gleich sexuell verkehre?"

Lena: „Du bist ein Mann und Männer sammeln Trophäen."

Charly: „Jetzt kennen wir uns seit 4 Monaten und in dieser Zeit, hast du dir dieses Bild von mir gemacht? Ich sammle keine Trophäen, Lena."

Lena: „Was soll ich denn für ein Bild haben von dir, wenn alle Kolleginnen, auf dich stehen?"

Charly: „Alle? Du auch?"

Lena: „Lenk nicht ab, Charly"

Charly: „Mach ich nicht, also, du auch?"

Lena: „Wir arbeiten zusammen und ich möchte dir weiterhin in die Augen sehen können."

Charly: „Das war zwar keine Antwort, aber okay. Die Frauen, die mit mir flirten, wollen einfach ein wenig Spaß haben. Flirten ist Spaß haben, sonst nichts. Und noch etwas. Mit keiner Kollegin, verbringe ich soviel Zeit, wie mit dir. Nicht nur im beruflichen Sinn, auch privat. Und ja, genau das gefällt mir. Dass wir beide, uns sehr gerne haben."

Lena: „Du machst mich verlegen und das macht mich noch unsicherer, als ich es schon bin."

Charly steht auf, nimmt Lenas Hand und sagt: „Ich finde es sehr schön, dass es dich gibt."

Vorsichtig umarmt er Lena und drückt sie ganz liebevoll. Offensichtlich, genießt Lena diese Umarmung sehr.
Sie sagt: „Wie komme ich zu dieser Ehe, dass du ausgerechnet mich umarmst?"

Charly: „Gefällt es dir oder fühlst du dich von mir bedrängt?"

Lena: „Ja, es gefällt mir, vielleicht sogar zu gut. Ich fühle mich sehr wohl in deiner Nähe. Du weißt schon, dass ich nur das Firmen-

Mauerblümchen bin, wie es die Kolleginnen sagen."

Charly: „Was heißt nur? Ob du ein Mauerblümchen bist oder nicht, ist mir egal. Ich umarme dich als Frau, Lena."

Lena genießt es, mit jeder Faser ihres Körpers, dass Charly sie so liebevoll, in seinen Armen hält. Dabei klopft ihr Herz wie verrückt, was zu ihrem Bedauern auch Charly spürt.
Er versucht sie zu beruhigen: „Ich spüre deinen rasanten Herzschlag und es fühlt sich gut an. Entspann dich, Lena."

Charly küsst sie zärtlich auf den Hals. Lena wird schwach und erwidert seine Küsse. Ihre Lippen treffen sich. Nebenbei befreit Charly ihre Haare, vom strafen Haargummi. Ihre volle Haarbracht weht im Wind und zeigt ihre volle Länge.

Lena fühlt sich wie elektrisiert und ihr Herz pocht immer schneller. Dass gerade sie von Charly geküsst wird, ist für sie absolut unverständlich und doch wie ein Lotto-Gewinn. Sie liebt Charly schon sehr lange, aber das hätte sie niemals zu träumen gewagt.

Charly fragt: „Wollen wir in das Haus gehen?"

Schüchtern sagt Lena: „Ja, gerne."

Charly nimmt sie zärtlich mit seinen Händen und trägt sie in das Haus. Er legt sie vorsichtig auf die Couch.

Er setzt sich neben sie, schaut ihr tief in die Augen und küsst sie. Lena ist wie gefesselt von Charlys Küssen. Sie legt ihre Hände auf seine Schultern und umarmt seinen Kopf. Ihr Puls rast noch immer vor Nervosität. Seine Zunge spielt sich mit ihrer Zunge und ihre Küsse sind sehr leidenschaftlich. Charly streichelt auf dem Shirt ihren Bauch. Während dem Küssen, gleitet seine Hand unter das Shirt. Er spürt ihre Aufregung und wie ihr Herz schlägt. Langsam streichelt er ihren nackten Bauch und den Nabel. Lena fühlt ihre Liebe zu Charly und es fühlt sich an, als würden Schmetterlinge in ihrem Bauch herumfliegen. Charlys Hand streichelt und nähert sich ihren Brüsten. Lena wird zusehends erregt und auch aufgeregter. Seine Hand fühlt sich wärmend und sehr wohltuend an. Er gleitet unter ihren BH und fühlt ihre wohlgeformten Brüste. Er spürt ihre erregten Brustwarzen und küsst sie weiterhin sehr intim auf den Mund.

Langsam entkleidet er ihr Shirt und öffnet auch ihren BH. Lena zieht auch Charlys Leibchen hoch. Gegenseitig streicheln sie sich am Brustbereich und erfreuen sich des anderen Körpers.

Charly reagiert erstaunt: „Du hast einen wunderschönen, flachen Bauch und einen traumhaftschönen Busen, Lena. Du bist sehr attraktiv und sehr begehrenswert."

Lena streichelt und genießt seinen Oberkörper und sagt: „Leider sind sie etwas klein."

Charly: „Nein, Lena. Sie sind genauso, wie sie sein sollten. Genau eine Handvoll, stramm und mit niedlichen Brustwarzen, wie aus dem Lehrbuch. Ganz ehrlich, sie sind perfekt."

Lena. „Du machst mich schon wieder verlegen. Danke für deine Zärtlichkeit, Charly. Ich genieße es sehr in deiner Nähe."

Lächelnd und liebevoll küsst er ihren Bauch, ihre Brüste und ihren Hals. Währenddessen kreisen Lenas Gedanken: „Es ist wunderschön, von ihm geküsst zu werden. Er ist so zärtlich und extrem einfühlsam. Seit 4 Monaten warte ich auf diesen Moment und träumte davon. Jetzt, küsst und begehrt er mich tatsächlich."

Charlys Hände ertasten und streicheln ihren Körper, auch soweit er unter ihre Unterhose langt. Lena gefällt es sehr und schwebt auf Wolke 7.

Dann fragt Charly: „Vertraust du mir?"

Lena antwortet: „Ja, ich vertraue dir. Ich genieße deine Zärtlichkeit, deine Nähe und ich möchte dich, trotz meiner Nervosität spüren."

Lena, ist sehr aufgeregt und erfreut sich dessen Anblick, als er sein Leibchen auszieht. Liebevoll streichelt und küsst er sie wieder auf ihrer nackten zarten Haut.

Lena ist besorgt und sagt: „Charly, ich bin noch verschwitzt von der Arbeit. Ich fühle mich unwohl, wenn du mich auf der verschwitzten Haut küsst."

Charly: „Ich mag deinen Duft. Dein Körper ist eigentlich gar nicht verschwitzt, aber möchtest du mit mir, gemeinsam baden? Ich habe eine große Wanne."

Lena lächelt verschämt und fragt zögerlich: „Können wir uns dann noch in die Augen blicken?"

Charly: „Ja, wenn wir das gemeinsame baden, beide genießen? Natürlich."

Lena: „Ich weiß nicht ob ich das kann?"

Charly: „Jeder Mensch kann sich baden."

Lena: „Ich meine den Sex. Ich bin blockiert."

Charly beruhigt sie: „Lena, es geht um das gemeinsame baden. Nichts wird passieren, was wir beide nicht möchten."

Lena: „Danke, Charly."

Charly nimmt sie an der Hand und geht mit ihr in das Badezimmer. Charly lässt die Wanne ein, küsst sie liebevoll und entkleidet sich anschließend vor ihren Augen. Lena ist sehr angetan von Charlys nackten Körper und starrt auf seinen glattrasierten Intimbereich.
Charly merkt das und sagt: „So finde ich es hygienischer und auch erotischer. Ich hoffe du bist nicht schockiert?"

Lena lächelt und sagt: „Nein, ganz im Gegenteil."

Zögerlich und schüchtern, entkleidet sich Lena vor Charly. Er ist von ihrem Körper fasziniert. Als sie nackt im Bad steht, sagt Charly: „Siehe da, glattrasiert? Offensichtlich haben wir den gleichen hygienischen Geschmack? Lena, du siehst traumhaft schön aus."

Sie steigt zu ihm in die Badewanne und sie ist sehr nervös dabei. Charly beginnt ihre Beine, zärtlich zu waschen und genießt den Anblick von Lenas Körper.

Im warmen Wasser und mit Charlys Streicheln, entspannt sich Lena und Charly küsst ihren Körper. Er ist sehr fasziniert von Lena und liebt alles an ihr. Er muss sie einfach an jeder Körperstelle küssen. Lena begrüßt und genießt die Zuwendung von Charly.

Nach dem Baden, gehen sie in das Schlafzimmer und kuscheln splitternackt und engumschlungen im Bett.

Ungewollt schliefen sie beide, tiefentspannt ein.

Erst Stunden später öffnet Lena ihre Augen und sagt: „Oje, wir haben verschlafen."

Charly: „Verschlafen? Nein, wir waren müde. Bleib doch bei mir, Lena. Wir können morgen früh gemeinsam in die Firma fahren. Schenk mir diesen Tag und die kommende Nacht."

Lena: „Charly. Ich habe mich in dich verliebt, und ich würde sehr gerne bleiben, aber ist es nicht zu früh? Abgesehen davon, interessiert mich, was Gruber vorhat. Ich muss heim zu meinem Computer."

Charly: „Ich habe auch einen, den du benutzen kannst."

Lena lächelt und überlegt: „Okay, aber nur wenn du mir erzählst, warum du Charly heißt. Das frage ich mich schon seit 4 Monaten. Wie heißt du tatsächlich?"

Charly: „Tatsächlich, Charly. Mein Vater war Amerikaner und er gab mir diesen Namen. So steht es auch in meiner Geburtsurkunde."

Lena wird nachdenklich und blickt Charly beschämt auf die Füße. Charly fragt: „Ist mein Name so schockierend?"

Lena: „Nein. Dein Name gefällt mir und er passt zu dir. Aber, ich muss dir etwas erzählen. Jetzt, wo wir uns so nahe sind und wir miteinander im Bett gekuschelt haben. Ich hatte in meinem Leben nicht viele Beziehungen. Die meisten sexuellen Beziehungen hatte ich mit Frauen und nur wenige mit Männern. Ja, ich bin bisexuell veranlagt und mehr lesbisch als heterosexuell. Wobei du mir gerade die liebevollsten Streicheleinheiten geboten hast und mich noch kein Mensch so aus der Spur gebracht hat, wie du. Bist du jetzt sehr schockiert?"

Charly lächelt und sagt: „Warum sollte ich? Ich steh auch auf Frauen."

Lena nimmt lächelnd sein Angebot an und bleibt bei ihm. Gemeinsam schauen sie sich die fotografierten Unterlagen an.

Charly sagt: „Verstehst du, um was es geht? Ich verstehe nur Bahnhof."

Lena lacht und sagt: „Ja, zum Teil. Ich mach dir einen Vorschlag. Du arbeitest am Haus wie geplant und ich kämpfe mich mit den Unterlagen durch."

Charly küsst lächelnd seine Geliebte und sagt: „Am Haus möchte ich heute nicht mehr arbeiten. Auch wenn ich dir keine Unterstützung bei den Unterlagen bin, so möchte ich in deiner Nähe sein und dich genießen."

Lena sitzt nackt, mit einer Decke bedeckt im Schneidersitz auf dem Bett und arbeitet die fotografierten Unterlagen durch. Charly kuschelt sich an sie und streichelt liebevoll ihre Beine unter der Decke. Charly fühlt sich sichtlich wohl mit Lena. Es scheint, als würde er angekommen sein.
Auf ihrem Schoß, lässt er seinen Gedanken freien Lauf: „Ich bin so glücklich. Lena ist so zart und traumhaft schön. Und ihre wunderbaren Beine, ja, die machen mich ganz verrückt. Lena hat sogar Silvia aus meinem Kopf verdrängt. Mein Gefühl hat mich nicht getäuscht. Ich spürte, dass

sie eine Traumfrau ist, auch wenn sie es versteckt. Es ist nicht alleine ihr Aussehen oder ihr Körper, der mich um den Verstand bringt. Ihr Duft, der mich in der Nase verwöhnt. Wie sie lacht und wie sie mich mit ihren glänzenden blauen Augen ansieht. Ihr blondes langes und leicht gewelltes Haar, was ihr Gesicht umrahmt. Und wie sie sich bewegt. Ich liebe einfach alles an ihr. Ihre Beine zu streicheln ist so beruhigend und ihre perfekt geformten Brüste, die ihre Weiblichkeit unterstreichen. Ihr bezaubernder Rücken, der so viel Erotik ausstrahlt. Ihr perfekter kleiner Po, den man einfach kneifen muss. Nicht zu vergessen, ihr glatt rasierter und wunderschöner Intimbereich, der mich anzieht wie ein Magnet. Oh mein Gott, bin ich süchtig nach dieser Frau."

Je mehr Charly ihre Beine und den Bauch streichelt, umso mehr hat Lena zu kämpfen, um nicht schwach zu werden. Eisern legt sie ihren Fokus auf die Unterlagen. Im Schoß seiner Liebsten schläft Charly ein.

Mit jedem weiteren Papier in das sie sich einliest, schöpft sie zunehmend den Verdacht, dass Gruber nichts Gutes plant. Sie fragt sich, warum übergeht Gruber die Inhaberin? Das ergibt nur Sinn, wenn er sich bereichern möchte. Vielleicht sogar auf Kosten des Personals? Das möchte Lena nicht zulassen. Sie arbeitet gerne in dieser

Firma. Seit Charly in ihr Leben gekommen ist, und gerade jetzt, wo sie ein Paar sind, beflügelt sie das noch mehr, Missstände aufzudecken.

Mittlerweile ist es spät in der Nacht und Lena gähnt vor Müdigkeit. Sie versucht Charly auf die Seite zu drehen, aber er kuschelt sich immer fester an sie. Nun versucht sie, ihre Füße frei zubekommen. Auch das lässt Charly nicht zu.

Sie merkt, dass er lächelt und gar nicht schläft: „Charly, so kann ich nicht schlafen."

Charly lässt sie frei und bringt sie in die Rückenlage. Er legt sich auf sie und küsst ihren Mund. Ihr gefällt es und sie küssen sich. Als Lena spürt, dass seine Männlichkeit erregt ist, fragt sie: „Möchtest du mit mir schlafen?"

Charly sagt: „Liebend gerne."

Ganz zärtlich und sehr einfühlsam, beginnt er sie sexuell zu lieben. Als sie spürt, wie er in sie eindringt, entweichen ihr unzählige Glücksgefühle und sie spürt wie sich bei ihr die Gänsehaut aufbaut. Ihn dabei zuzusehen, wie er sich wohlfühlt beim Geschlechtsverkehr, und lustvoll seine sexuellen Bewegungen genießt, lässt sie zusätzlich erregen. Ein tiefes ausatmen ihrerseits bringt ihren Herzschlag zum Pochen. Ihre Aufregung wird in Lustgefühle umgewandelt. Charly stützt sich mit seinen Händen neben ihren Kopf und blickt ihr tief in die Augen. Ihre Hände streicheln über seinen Oberkörper und dann zu seinen Schultern. Dabei zieht sie ihn zu sich um ihn küssen zu können. Charly liebt diese sexuelle Verschmelzung und lässt sich vom Rausch der Liebe, benebeln und führen. Ein genussvoller Liebesakt, der jedoch einseitig verläuft. Dies merkt Charly und beendet das Liebesspiel.

Charly lächelt sie liebevoll an und streichelt ihren verführerischen Körper.

Lena ist frustriert: „Ich kann nicht einmal einen Mann befriedigen."

Charly: „Alles ist gut, Lena."

Lena versucht sich zu rechtfertigen: „Charly, mit dir die sexuelle Liebe zu genießen, ist ein wahrer Traum. Trotz deiner Zärtlichkeit und deiner einfühlsamen Art, kann ich mich nicht genug entspannen. Ich bin einfach zu schüchtern und zu verklemmt und wollte es unbedingt in vollen Zügen genießen und erleben. Mein Körper blockiert mich, was mich total ärgert. Ich empfand und spürte auch die Lust und die Begierde, doch es reichte nicht. Vielleicht liegt es daran, dass ich seit einigen Jahren, keinen Sex hatte, geschweige erst mit einem Mann. Das ist sehr viel Jahre her, dass ich sexuell verkehrte. Ich weiß, dass es nicht an dir liegt. Seit 4 Monaten liebe ich dich und schon bei deinem Anblick, spüre ich die Erregung und die Lust nach dir. Jetzt hatte ich das großartige Erlebnis mit dir und mein Körper blockierte mich. Du hast mein Leben auf den Kopf gestellt und das muss ich für mich noch verarbeiten und sortieren. Ich lebe zurückgezogen, wegen meiner Schüchternheit und kann nicht sofort, anders sein. In deiner Nähe, werde ich schon mutiger und offener. Immerhin habe ich es geschafft, mich vor dir zu entkleiden und mich nackt zu zeigen."

Charly: „Was ist in deinem Leben vorgefallen, dass du dich verstecken möchtest und dein Selbstvertrauen, im Keller liegt?"

Lena: „In meiner Teenagerzeit war ich nicht so, obwohl, ein schüchternes Mädchen war ich eigentlich schon immer. Aber, im Laufe der Zeit wurde es extremer. Meine Beziehungen, waren nicht immer toll, da ich des Öfteren unterdrückt worden bin. Männer wollten mich sowieso nur ins Bett bringen und ihren Spaß dabeihaben. Meine Gefühle oder Bedürfnisse, waren zweitrangig. Mit Frauen war es viel besser. Wobei ich auch hierbei schlechte Erfahrungen machen musste. In meiner letzten Beziehung, kam ich erst viel zu spät drauf, dass ich nicht die

Einzige, für sie war. Mich benutze sie für ihre perversen Fantasien."

Charly: „Was verstehst du unter, perversen Fantasien?"

Lena: „Ich war ihre Sklavin, für diverse Domina-Spiele. Sie gab mir zu verstehen, dass mein Körper keine Reize hätte und mich niemals ein Mensch begehren wird. Irgendwann, glaubte ich es auch und begann mich zu verstecken. Ich war immer schon schüchtern und ruhig, aber ab dieser Zeit wurde es schlimmer. Ich wurde zu ihrem Eigentum. Sie manipulierte mich und ich wurde ihr hörig. Ausgegangen, ist sie mit anderen Frauen, denn ich war nicht hübsch genug und mit mir, konnte sie sich auch nicht in der Öffentlichkeit, blicken lassen."

Charly: „Wie konntest du es soweit kommen lassen?"

Lena: „Ich war ihr verfallen und glaubte ihr."

Charly: „Konnte dich niemand aus diesen Fängen befreien? Wo waren deine Freunde?"

Lena: „Ich hatte keine Freunde. Und diejenigen, die mich kannten, sahen es nicht. Tja, jetzt weißt du, warum ich so bin, wie ich bin."

Charly: „Ich sehe dich so, wie du tatsächlich bist, Lena. Und was dein Aussehen und deinem Körper betrifft, du siehst fantastisch aus. Du bist eine sehr hübsche und attraktive Frau, mit einem perfekten Körper. Wie lange hast du dieses Martyrium ertragen?"

Lena: „Da war ich 20 Jahre und es dauerte 2 Jahre, bis ich mich lösen konnte. Kurz darauf, fing ich in dieser Firma zu arbeiten an."

Charly: „Seit dem, hattest du keine Beziehung und keinen Sex mehr?"

Lena: „Nur eine lesbische Affäre. Für mehr reichte mein Mut nicht."

Charly: „Okay, langsam. Das heißt, du wurdest zum Mauerblümchen, wegen sexuellen Unterdrückungen dieser, ich sage einmal, Domina-Beziehung? Seit dieser Domina, versteckst du dich? Seit dem, hast du kein Selbstwertgefühl? Zusammengefasst, alles begann mit der Domina, die dich schlecht gemacht hatte."

Lena: „Ja, so kann man es beschreiben."

Charly: „Warum hast du keine psychologische Betreuung in Anspruch genommen?"

Lena: „Das traute ich mich nicht. Ich dachte, es liegt sowieso an mir. Sie gab mir zu verstehen, dass mein Körper keine Reize hätte."

Charly: „Und diesen Schwachsinn, glaubtest du ihr?"

Lena: „Wenn man es permanent zu hören bekommt, ja?"

Charly: „Was kann ich für dich tun, damit du es mehr genießen kannst und dein Körper dich nicht blockiert?"

Lena: „Es liegt an mir, nicht an dir, Charly. Ich dachte, meine Blockade wäre mit meinem Vertrauen zu dir gelöst, aber es reichte nicht. So gerne möchte ich mit dir gemeinsam dieses Gefühl erleben."

Charly kombiniert und sagt: „Durch sexuelle, dominante Handlungen, wurdest du ein schüchternes Mauerblümchen ohne Selbstwertgefühl. Wie wäre es, wenn du die Ursache mit dem selbigen bekämpfst?"

Lena: „Wie meinst du das? Soll ich mich jetzt wie eine Prostituierte verhalten und alle Männer an mich heranlassen?"

Charly: „Nein, so ein Quatsch. Du vertraust mir doch. Ich könnte dein, sagen wir, Therapeut sein, der dir langsam, wieder die Selbstsicherheit zurückgibt. Ohne Druck, dein Kätzchen und deine Empfindungen wiederbeleben."

Lena: „Mein Kätzchen ist im Tiefschlaf."

Charly lächelt sie liebevoll an und sagt: „Ich kann sie ja wiederbeleben."

Lena: „Würdest du es nochmals mit mir wollen?"

Charly: „Was ist das für eine Frage? Natürlich, Lena. Ich liebe dich doch. Versuche es nicht mit Druck, Süße. Lass dir Zeit und spüre dein Befinden."

Charly küsst sie leidenschaftlich und Lena spürt, wie die Lust nach Charly steigt.

Nach längerer Zeit des Küssens, sagt sie: „Bitte schlaf mit mir."

Er küsst sie weiter und als er spürt, dass ihr Kätzchen feucht vor Erregung wird, dringt er sanft mit seinem Penis in ihre Vagina ein.

Dabei fragt Charly: „Was fühlst du dabei? Beschreibe mir deine Empfindungen."

Lena spürt ihn und sagt: „Es fühlt sich wohltuend an. Du bist sehr zärtlich und ich spüre deine sexuellen Bewegungen in mir."

Charly: „Spürst du auch Lust? Empfindest du sexuelle Erregung?"

Lena: „Ich denke schon, ja. Zumindest habe ich das Bedürfnis, es weiter zu wollen, weil es sehr schön ist."

Charly; „Schön, für wen? Für dich oder für dein Kätzchen?"

Lena: „Beides?"

Immerhin, kann sie sich besser auf dieses Vergnügen einlassen. Befreiter und offener widmet sie sich dieser Befriedigung ihres Geliebten. Als ihr Körper vereinzelt unkontrolliert zu zittern beginnt, spürt sie die Erregung und ihre Nervosität sinkt. Charly merkt, wie entspannt sie es genießt und seine sexuellen Bewegungen werden intensiver. Lena beginnt mit dem Rhythmus zu stöhnen und kann ansatzweise, ihren erregten Körper spüren. Sie krallt ihre Fingernägel in seinen Rücken und kann es fühlen, wie ihr Körper befriedigt werden möchte. Langsam bewegt sich Charly weiter und genießt den Anblick seiner Liebsten. Lena streichelt und küsst ihn, bis schließlich Charly seine Erregung mit einem Höhepunkt belohnt. Lena ist in diesem Moment die zufriedenste Frau und genießt den wärmenden Samenerguss in ihr.

Befreiend sagt sie: „Endlich konnte ich deine sexuelle Liebe würdigen und dein Körper dankte es uns. Ich habe es immerhin geschafft, dich zu einem Höhepunkt zu bringen. Charly, ich liebe dich so sehr."

Charly: „Ich liebe dich, Süße. Es freut mich, dich lieben zu dürfen. Zu einem sexuellen Vergnügen, gehören immer beide. Wie war es für dich? Kannst du es mir erklären?"

Lena: „Definitiv schön. Ich glaube, ich wurde mehr von deinem Anblick erregt, als von der Befriedigung, oder anders formuliert, von der innerlichen Massage, obwohl es sich sehr schön angefüllt hat."

Charly: „Du kannst es auf alle Fälle fühlen und spüren?"

Lena: „Ja, ich fühlte dich in mir. Jedoch wurde ich durch dich erregt. Wie wenn ich dir dabei zusehen würde, wie du eine Frau verführst."

Charly: „Nun, dass ich auf dir lag und dich verführte, spürtest du körperlich nicht? Immerhin war ich in deinem intimen Bereich?"

Lena: „Schon, natürlich spürte ich dich auch körperlich. Ich weiß nicht wie ich es sagen soll. Ich bin ein hoffnungsvoller Fall. Warum quälst du dich mit mir?"

Charly: „Hey, ich liebe dich, Lena. Versuch es bitte zu erklären."

Lena: „Durch meine Augen sah ich dich ganz nah bei mir, was in meinem Kopf zu einem wohltuenden Empfinden führte. Mein Geschlechtsbereich wurde durch dich angeregt, aber ich kann dieses Gefühl nicht mit meinem Kopf verbinden. Wie wenn meine Vagina, nicht Teil meines Ichs, wäre."

Charly: „Das wird schon, Süße. Mach dir keinen Druck und versuche jegliche Berührung zu spüren und lerne, deinen Körper neu zu entdecken."

Charly schmiegt sich neben Lena und berührt sie sehr zärtlich und liebevoll. Lena genießt diese Nähe und auch seine Zärtlichkeiten.
Sehr geduldig und einfühlsam, streichelt er sie am ganzen Körper. Dadurch findet er, ihre erogenen Zonen. Bereiche, bei denen sie offensichtlich anders reagiert als an anderen Körperstellen.
Erst viel später, streichelt er sich zu ihrem intimen Geschlechtsteil. Vorsichtig kreist er mit

seiner Hand um ihre Vagina und verbringt dabei viel Zeit. Kleine, sogenannte Ausrutscher, lassen seine Finger auch in ihre Vagina führen. Diese zärtlichen Momente, genießt Lena sehr. Als er sich, ihrer Klitoris widmet, spürt sie eine Erregung, die auch Charly bemerkt. Spielerisch, streichelt er sie an dieser Stelle und auch wieder abseits. Dies macht er abwechslungsreich und langandauernd. Dadurch spürt Lena, das Verlangen, mehr zu wollen.

Unbewusst greift sie nach seinen Genitalien und spielt sich genüsslich damit.

Erschrocken sagt sie: „Bitte entschuldige aber ich war in Gedanken."

Charly: „Schon gut. Du darfst ihn streicheln, warum denn nicht?"

Lena: „Wirklich? Ich finde es sehr beruhigend und auch sehr erotisch."

Nachdem Lena, sich seinem Geschlechtsteil wieder annimmt, spielt sich Charly weiter an ihren intimen Zonen.

Nach einiger Zeit, entfernt er sich schließlich von ihrem Intimbereich und streichelt ihre Beine, dann ihren Bauch.

Durch die gegenseitigen Streicheleinheiten, schlafen sie beide, glücklich ein.

Nach der gemeinsamen morgendlichen Dusche, fahren sie zusammen mit Charlys Auto, in die Firma.

Während der Fahrt sagt Lena: „Charly, es fühlt sich so großartig an und ich liebe dich, wie ich noch nie empfunden habe. Bitte, lass mir meine, wie du es sagtest, Hülle. Alles soll beruflich so bleiben wie bisher. Ich bin deine Helferin und nicht mehr oder weniger. Ist das in Ordnung für dich?"

Charly: „Warum darf ich meine Liebe zu dir nicht zeigen? Ich bin stolz auf dich und dass wir uns lieben, darf die ganze Welt wissen und sehen."

Lena: „Findest du das vorteilhaft?"

Charly: „Ob das vorteilhaft ist oder nicht, ist mir egal. Ich brauche meine Liebe zu dir nicht verstecken."

Lena überlegt kurz: „Mir geht es ja genauso. Aber, bitte schweigen wir darüber. Die Zeit ist für mich noch nicht reif genug. Irgendwann wirst du mich verstehen. Noch etwas würde ich dir gerne sagen. Ich möchte, dass wir immer ehrlich zu einander sind. Keine Spiele und keine Verletzungen. Dass, jeder Mensch im Laufe seiner Jahre, kleine Geheimnisse ansammelt, ist normal, solange man ehrlich ist, passt es. Natürlich hat jeder von uns eine Vergangenheit und man beginnt sein Leben nicht erst in einer neuen Beziehung."

Charly: „Du kannst mir vertrauen. Was hat das Amulett, eigentlich für eine Bedeutung für dich? Es scheint dir sehr wichtig zu sein. Du trägst es permanent."

Lena: „Ja es ist mir wichtig. Während der Schwangerschaft meiner Mutter, hatte mein Vater das Weite gesucht. Er wollte kein Kind mit ihr, sondern nur sexuelle Befriedigung. Zum Abschluss schenkte er ihr diese Halskette mit diesem einzigartigen Amulett. Am Sterbebett meiner Mutter, da war ich 16 Jahre alt, bekam ich die Halskette von ihr, die sie einst von meinem Erzeuger bekam. Dann kam ich zu einer Tante, die sehr streng und lieblos war. Daraufhin büchste ich aus, um mein Leben selbst zu meistern."

Charly: „Vermisst du deinen Vater?"

Lena: „Nein."

Ein neuer Arbeitstag steht dem frischen Liebespaar bevor.

Sie bereiten alles vor, um einen leeren Büroraum neu auszumalen. Während der Arbeiten, können sie sich ungestört miteinander unterhalten.

Lena schwärmt noch immer von der letzten Nacht: „Charly, ich bin so glücklich, über die wunderschönen sexuellen Berührungen mit dir."

Charly: „Mir geht es auch so. Ich bin sehr stolz, mit dir zusammen sein zu dürfen. Doch, versteh ich nicht, warum es niemand wissen darf."

Lena: „Vorwiegend zu meinem eigenen Schutz, aber auch deinetwegen. Niemals sollst du meinetwegen zum Gespött werden, weil du mit einem Mauerblümchen zusammen bist."

Charly: „Das geht niemanden etwas an. Und, ich bin stolz auf dich."

Lena: „Ich weiß deine Liebe sehr zu schätzen, aber bitte warten wir noch ab. Wie war es in deinem Liebesleben? Du erzähltest mir, dass du verheiratet warst und deine letzte Geliebte, dich belogen und betrogen hatte."

Charly: „Meine Ehe war meiner Meinung nach, recht gut. Ihrer Meinung nach, nicht. Sie betrog mich mit meinem Boss. Meine letzte Beziehung, die sehr kurz war, war die Freundin meiner damaligen, Noch-Ehefrau. Sie hatte mich angelogen, und ich kann Lügen nicht ausstehen. Aber, das habe ich dir alles bereits erzählt. Ich hoffe, dass wir beide eine tolle Beziehung führen werden und niemand enttäuscht wird."

Lena: „Das wäre auch mein Wunschtraum. Bei dir fühle ich mich sicher und geborgen. Schon in den 4 Monaten, in denen wir uns kennen, spürte ich das Vertrauen in dir. Umso schöner ist es, jetzt ein richtiges Paar zu sein."

Charly: „Aber, auch nur versteckt und heimlich."

Lena: „Wir lieben uns, für uns, und nicht für das Umfeld. Gib mir bitte Zeit. Immerhin hast du es bei mir geschafft, dass ich mich dir, überhaupt nackt zeigen kann. Du hast mit deiner liebevollen Art, meine verklemmte Schale geknackt. Sei bitte nicht enttäuscht, sondern unterstütze mich, für die Zeit, die ich brauche."

Charly: „Das mache ich, versprochen. Bleibst du heute noch bei mir?"

Lena: „Da mein Auto, bei dir daheim steht, muss ich sowieso, mit dir, zu dir mitfahren."

Charly: „Genau, und ich würde mich sehr freuen, wenn du bleiben würdest."

Ihre Unterhaltung wird gestört. Eine Kollegin kommt in das leere Büro: „Charly, wir brauchen den Meetingraum und da liegen noch Kabel herum."

Charly: „Oh, auf die habe ganz vergessen. Ich werde es sofort erledigen."

Er dreht sich lächelnd zu Lena und sagt: „Wir haben tatsächlich auf den Meetingraum vergessen."

Lena lächelt ebenfalls: „Ja, das ist peinlich. So etwas ist uns noch nie passiert."

Charly: „Sind wir schon so von der Arbeit abgelenkt? Ich werde es rasch erledigen. Kommst du einstweilen, alleine zu recht?"

Lena: „Klar, kein Problem."

Als Charly in den Meetingraum geht, sitzen bereits 6 Büro-Mitarbeiterinnen im Raum und warten auf das Meeting mit dem Geschäftsführer.

Charly lächelt freundlich und fragt: „Habt ihr eine Besprechung?"

Dagmar antwortet: „Ja in 20 Minuten mit Herrn Gruber."

Charly: „Da ist doch noch genug Zeit. Ich werde gleich fertig sein."

Charly kniet am Boden, bei der Boden Lucke und Dagmar setzt sich auf den Schreibtisch, der unmittelbar neben Charly steht. Sie überschränkt ihre Beine und zieht ihren Rock, ganz langsam nach oben und sagt: „Charly, habe ich eine Laufmasche?"

Charly blickt auf ihre Beine, die mit halterlosen Nylonstrümpfen bekleidet sind.

Lächelnd sagt er: „Nein, ich kann nichts sehen. Sie passen."

Dagmar zieht ihren Rock noch weiter hinauf und fragt: „Sicher? Sie mal genau. Was ist hier, ich kann etwas spüren. Ist da eine Laufmasche, Charly?"

Charly spielt mit und sagt: „Nein, ich sehe nichts."

Dagmar: „Dann fühle doch, hier ist etwas."

Charly steht auf und sagt lächelnd: „Da ist wirklich nichts."

Dagmar öffnet ihre verschränkten Beine und umklammert ihn. Dabei zieht sie ihn zu sich. Dagmar lächelt und sagt: „Ups, ich habe heute Morgen meinen Slip vergessen."

Charly riskiert einen Blick und lächelt: „Wie konnte das passieren?"

Dagmar: „Meine Gedanken waren bei dir und mir wurde ganz heiß. Du hast es mir schon lange nicht mehr besorgt. Ein Quickie geht sich doch aus. Komm Charly, besorg es mir, du willst es doch auch, das spüre ich in deiner Hose."

Charly wird von Dagmar mit ihren Beinen und auch mit ihren Händen umklammert. Die anwesenden Kolleginnen amüsierten sich und lachten. Durch das Gelächter, wird Lena neugierig und geht zum Meetingraum. Da die Tür nur angelehnt ist, riskiert sie einen Blick und sieht wie Charly, vor der am Tisch liegenden Dagmar steht und von ihren Beinen umschlungen wird. Schockiert und enttäuscht, geht sie wieder zurück. Charly gefällt das flirten mit den Kolleginnen und denkt sich nichts Böses dabei.

Nach getaner Arbeit, geht er wieder zu Lena. Sie fragt ihn: „Dürfte sehr lustig gewesen sein, wie man hören konnte."

Charly: „Du kennst doch unsere Büro-Damen. Um jeden Preis, wird geflirtet und Spaß gemacht."

Lena behält das Gesehene für sich und fragt: „Sind die Kabel verbaut?"

Charly: „Alles erledigt. Ihrer Besprechung, steht nichts im Wege."

Gemeinsam schaffen sie es, den Büroraum fertigzumachen und in den langersehnten Feierabend zu gehen. Lena ist ruhiger geworden, was bei Charly aber keine Verwunderung auslöst, da sie sowieso immer schon eine ruhige Person war.

Daheim angekommen sagt Charly noch im Auto sitzend: „Ich hätte dich gerne bei mir, Lena."

Lena starrt aus der Windschutzscheibe und sagt dann: „Du liebst Nylonstrümpfe. Wie sehr kannst du nylonbedeckten Beine widerstehen?"

Charly ist verwundert über diese Frage und gibt als Antwort: „Naja, abgesehen davon, dass sie sehr erotisch und sehr sexy sind, kann ich diesen, schon widerstehen. Wobei es als Nylonstrupf-Fetischist, sehr schwerfällt. Warum fragst du?"

Lena: „Und wenn Dagmar sie trägt?"

Charly: „Okay. Auf was möchtest du hinaus? Glaubst du, ich habe etwas mit Dagmar, weil sie Nylons trägt? Alle Büro-Damen tragen welche."

Lena überlegt kurz und sagt dann: „Wenn du als Feinstrumpf-Fetischist, täglich sexy Beine zur Ansicht bekommst, warum möchtest du mich, ein Mauerblümchen bei dir haben?"

Charly: „Nun, weil ich dich liebe, ganz einfach. Feinstrumpfbedeckte Beine sind absolut erotisch und sehr faszinierend. Doch, kommt es auch auf den Inhalt an. Wenn die Beine einer Frau hässlich, oder anders gesagt, nicht nach meinen Vorstellungen sind, helfen Nylons auch nicht."

Lena: „Und Dagmars Beine?"

Charly: „Ja, sie hat erotische und sehr schöne Beine. Dagmar ist gesamt, eine attraktive Frau."

Lena: „Warum möchtest du mich, bei dir haben, wenn du Dagmar haben kannst?"

Charly: „Da ich dich liebe und Dagmar mich nicht interessiert. Moment einmal, warum beharrst du auf Dagmar? Habe ich etwas verpasst?"

Lena: „Ich habe dich gesehen wie du mit Dagmar, du weißt schon."

Charly: „Du kennst sie doch. Flirten um jeden Preis. Diesmal war ich das Flirt-Opfer. Lena, ich liebe dich und keine andere Frau."

Lena: „Der Anblick, traf mich mitten ins Herz."

Charly: „Das Flirten der Kolleginnen, könnten wir unterbinden, wenn wir beide uns als Paar zeigen würden. Dagmar geht davon aus, dass ich weiterhin Single bin."

Lena: „Also, bin ich selber schuld, an dieser Situation."

Charly: „Jetzt komm schon, Süße. Ja, teilweise, aber ich stehe hinter dir und ich respektiere dein Empfinden und deine Ansicht. Bleibst du bei mir?"

Lena: „Möchtest du es wirklich?"

Charly: „Ja, Lena. Definitiv, ja."

Lena: „Ich bräuchte aber, Reserveklamotten. Ich muss kurz heimfahren."

Charly: „Gut, ich fahre dich."

In Lenas kleinen Wohnung angekommen, gibt sie Charly etwas zu trinken und packt eine kleine Tasche zusammen. Sie setzt sich neben ihren Geliebten und sagt: „Ja, das ist mein kleines Schneckenhaus."

Charly: „Klein, aber sehr gemütlich. Zudem ist es sehr gepflegt und stilvoll eingeräumt. Könntest du dir vorstellen, mein Zuhause, auch als dein Schneckenhaus anzusehen? Auch wenn es etwas größer ist?"

Lena schmunzelt: „Etwas größer, ist schön gesagt. Lassen wir die Zeit etwas reifen?"

Charly: „Natürlich, Süße. Ich möchte dich zu nichts drängen. Bist du fertig?"

Im Auto sagt Lena: „Weißt du Charly, mein kleines Schneckenhaus, gibt mir noch etwas Sicherheit. Ich bin sehr gerne mit dir zusammen und mir gefällt dein Haus. Liebend gerne, verbringe ich die Zeit mit dir, egal wo, Hauptsache mit dir."

Charly: „Das ehrt mich. Ich möchte dich auch niemals mehr verlieren. Bei dir fühle ich mich angekommen. Egal was um mich geschieht, in deiner Nähe bin ich daheim. Du fesselst mich und ich bin süchtig nach dir, nicht nur sexuell gemeint. Alles an dir, fesselt mich."

Nachdem sie sich den Arbeitsschmutz vom Leib gewaschen haben, machen sie es sich gemeinsam auf der Couch gemütlich. Beide sind nackt und zusammengekuschelt unter einer Decke. Charly liegt an ihrem Rücken und hält sie fest in seinen Händen. Lena fühlt sich sehr entspannt und streichelt seine Hand.

In der entspannten Lage sagt Charly: „Wenn ich dein Leben jetzt Revue passieren lasse, dann lebst du seit 10 Jahren, alleine und zurückgezogen? Und das, weil deine damalige Domina-Freundin, dein Selbstwertgefühl zunichte gemacht hat?"

Lena: „Ja, so kann man es zusammengefasst sagen. Und zuvor, war ich eine ganz normale Frau, die sich nicht versteckte."

Charly: „Da warst du 20 Jahre?"

Lena: „Genau."

Charly: „Und vor deinem 20igsten Lebensjahr? Wie viele Beziehungen hattest du damals?"

Lena: „Ob man alle als Beziehung bezeichnen kann, weiß ich nicht. Da waren 3 heterosexuelle und inklusive der Domina und einer Affäre danach, 6 lesbische Beziehungen."

Charly: „Dann war dein jugendliches Liebesleben sehr abwechslungsreich und sehr vielfältig. In welchem Alter war dein erstes Mal?"

Lena: „Mit 15 hatte ich das erste Mal lesbischen Sex und kurz darauf eine heterosexuelle Erfahrung. Findest du, dass mein Liebesleben so abwechslungsreich war?"

Charly: „In 5 Jahren? Naja, finde ich schon. Was hat dir besser gefallen, lesbisch oder heterosexuell?"

Lena: „Eindeutig, lesbische Beziehungen."

Charly: „Und warum jetzt eine heterosexuelle mit mir, wenn dir lesbische besser gefallen?"

Lena lächelt und sagt: „Wenn ich dich damals schon gekannt hätte, hätte ich deine Frage anders beantwortet. Und wie war dein Liebesleben?"

Charly: „Ich versuche es zu sagen. Ich hatte weniger Beziehungen als du, aber mehr Erfahrungen sammeln dürfen."

Lena lacht: „Aha, also ein Casanova und ein Herzensbrecher. Unzählige Sex-Erlebnisse aber wenig ernsthafte Beziehungen."

Charly: „Ich werde dem nichts hinzufügen."

Lena: „Schon gut, mein Liebster. So genau, brauche ich es nicht wissen. Es ist so schön in deinen Armen zu liegen und deinen traumhaften Körper am Rücken zu spüren. So könnte ich ewig mit dir liegen. Ich bin dir sehr dankbar, dass ich durch dich, die Liebe wieder fühlen und spüren darf und kann. Es ist so wunderbar. Aber, durch die Liebe, kennt man auch den Schmerz der Eifersucht wieder. Als ich dich mit Dagmar gesehen habe, gab es mir diesen Stich, den ich nicht spüren möchte."

Charly: „Vergiss Dagmar, Süße. Ich liege in der Löffelstellung hinter dir und spüre deinen süßen und zierlichen Po, der gerade einen Teil von mir verschlingt."

Lena: „Ich spüre ihn. Bevor er mich von der Couch stößt, könntest du ihn, du weißt schon."

Behutsam und zärtlich dringt er in sie ein. Lena stöhnt: „Das ist sehr schön. Halte mich bitte ganz fest."

Bis spät in der Nacht, bleiben sie Haut an Haut, zusammengekuschelt auf der Couch. Dann, gehen sie in das Schlafzimmer und kuscheln und lieben sich im Bett weiter.

Am nächsten Morgen, erzählt Lena über die Erlebnisse der letzten Nacht: „Es war sehr schön mit dir. Du lagst mit deinem Kopf auf meinem Schoß und ich streichelte dich lange Zeit. Irgendwann legte ich dich von mir weg und ich begutachtete dich ganz genau. Bisher hatte ich noch nicht die Gelegenheit dazu, überhaupt einen Mann genauer zu inspizieren. Ich erlaubte mir, mit deinem besten Stück zu spielen. Gigantisch wie der wächst, obwohl du geschlafen hast. Hast du das gespürt?"

Charly lacht: „Teilweise ja. Hast du die Situation ausgenutzt und mich vergewaltigt?"

Lena lacht ebenfalls: „Nein, ich spielte damit. Es war sehr schön, es einmal genau zu sehen und wie dein Körper darauf reagiert. Das machte ich sehr lange. Dann küsste ich deinen Penis. Während er in meinem Mund war und ich daran mit der Zunge spielte, hattest du einen Samenerguss. Um das Bett nicht zu bekleckern schluckte ich einfach."

Charly lachte immer mehr und amüsierte sich bei Lenas Erzählungen.

Sie sagt weiter: „Lach mich nicht aus."

Charly: „Ich lache dich nicht aus. Ich finde es total süß wie du es erzählst. Was machtest du dann?"

Lena: „Es gefiel mir. Ich spielte einfach weiter. Es ist beeindruckend wie lange du erregt bist, trotz deines Orgasmus."

Charly: „Normalerweise nicht. Es lag sicher an dir."

Lena: „Wirklich? Das freut mich zu hören. Ja, und irgendwann war ich so geil auf dich, dass ich mich auf dich gesetzt habe und dich ungeniert beritten habe. Hierbei wurdest du aber kurz wach. Ich dachte mein Herz pocht aus meinem Körper. Wie versteinert saß ich auf dir und dachte mir, bitte werde in dieser Situation nicht munter. Mir war das total peinlich. Als ich merkte, dass du wieder schläfst, machte ich weiter und nach langer Zeit, hattest du diesmal in meinem Kätzchen den Samenerguss. Lach nicht, Charly. Gut, wo war ich, ach ja. Trotzdem beritt ich dich noch etwas weiter. Dann musste ich auf das WC. Ich bin so sehr süchtig nach dir, was schon sehr bedenklich und auch peinlich ist. Du wirst jetzt sicher denken, ich bin verrückt und komplett durchgeknallt. Vermutlich hast du damit auch Recht."

Charly: „Nein, meine Liebste. Dafür liebe ich dich, genau für deine Art und dein liebevolles Wesen. Es braucht dir nicht peinlich zu sein, ganz im Gegenteil. Du darfst mich jederzeit inspizieren. Egal ob ich schlafe oder nicht. Mich wundert es, dass ich nichts mitbekommen habe."

Lena: „Es war eine wunderschöne Erfahrung für mich. Eigentlich ein Wahnsinn, dass ich mir das überhaupt zugetraut habe."

In der Werkstatt erwartet sie bereits ein schriftlicher Auftrag, den sie heute erledigen sollen.

Charly liest den Auftrag vor: „Wir sollen einen zusätzlichen Arbeitsplatz (Schreibtisch, Bürosessel, PC- Anlage) im Büroraum 2 für eine neue Mitarbeiterin einrichten. Bitte dringend heute erledigen."

Lena sagt: „Büroraum 2, das ist die Verkaufsabteilung."

Charly: „Möchtest du dir den Büroraum 2 einmal ansehen, damit wir das gleiche Mobiliar nehmen? Es soll schließlich alles zusammenpassen."

Lena: „Mache ich."

Charly: „Ich bereite den Werkzeugwagen schon einmal vor."

Nach einiger Zeit kommt Lena hinzu und sagt: „Unsere Standarttische in Buche und einen schwarzen Bürostuhl. Der PC steht schon im Raum. Dagmar hat mir erzählt, dass die neue Mitarbeiterin die morgen anfängt, 2 Jahre in Elternzeit war und dürfte viel Erfahrung im Büro haben, und, sie soll sehr attraktiv sein. Groß und schlank, sagt sie."

Charly schmunzelt: „Also ein neues Vorzeigemodel für Herrn Gruber."

Lena: „Nicht nur für Gruber. Ich sehe dich schon wieder flirten."

Charly lacht: „So ein Quatsch, Lena. Ich habe ja dich. Komm, lass uns das fertig machen."

Nach der Mittagspause, holen sie den Schreibtisch aus dem Lager und einen Bürosessel. Sie laden das Mobiliar auf einen Wagen und bringen es in den Büroraum 2. Sie schaffen sich erstmals Platz, damit der weitere Arbeitsplatz gut in den Raum passt. In diesem Büro sind bereits 2 Arbeitsplätze.

Charly: „Das ist eine Tagesarbeit. Wir müssen auch Steckdosen zu diesem Arbeitsplatz verlegen. Ein weiteres Regal brauchen wir auch noch. Mit der ganzen Montage, wird es ein ganzer Tag werden. Ob das Gruber eingeplant hat?"

Lena: „Für ihn zählt das Endergebnis. Alles muss perfekt aussehen."

Charly und Lena sind ein eingespieltes Team und erledigen die Arbeiten pünktlich, um in den Feierabend zu gehen.

Lena schläft abermals bei Charly. Da sie weitere frische Kleidung braucht, sagt Charly: „Warum bringst du nicht deine gesamte Wäsche herbei? In den Kästen ist noch genügend Platz, Süße. Ich kann dir gerne dabei helfen."

Lena: „Schon gut. So viel besitze ich sowieso nicht. Möchtest du es wirklich, dass ich jeden Tag bei dir bin?"

Charly: „Natürlich. Ich habe keine Zweifel und wir lieben uns doch."

Daraufhin fährt Lena alleine in ihre Wohnung.

In ihrem kleinen Schneckenhaus, kommt sie ins Grübeln: „Charly liebt mich und ich bin auch unbeschreiblich verliebt in ihm. Ich sollte ihm endlich die Wahrheit über meine Vergangenheit sagen. Auch wenn ich ihn nicht richtig anlüge, so darf ich ihm aber auch nichts verheimlichen. Wie soll ich mein Geheimnis, Charly, anvertrauen? Es war alles so einfach, bis er in mein Leben kam. Was mache ich jetzt?"

Nachdenklich, packt sie alle Klamotten ein, die sie besitzt.

Sie gönnt sich noch eine Dusche und macht sich frisch für ihren Liebsten.

Endlich kommt Lena zurück.

Charly hat ihr Auto heranfahren gehört. Er erwartet sie schon sehnsüchtig. Er öffnet die Haustür und Charly verschlägt es die Sprache. Lena steht mit einem kurzen schwarzen Kleidchen mit Spitzen vor ihm. Ihre Beine werden mit schwarzen Nylonstrümpfen geschmückt und mit den High Heels wirken ihre Beine noch länger. Ihr Haar trägt sie offen und gestylt und sogar im Gesicht ist Make-up aufgetragen. Lena hat sich für Charly, besonders hübsch gemacht.

Sie lächelt und sagt: „Nur für dich und nur daheim, okay?"

Er nimmt ihren Koffer und stellt in ab. Mit seinen Händen trägt er Lena in das Schlafzimmer und legt sie auf das Bett.
Charly kann es gar nicht erwarten, seine geliebte Schönheit zu umarmen, zu küssen und zu streicheln. Er vergöttert seine Liebste und Lena genießt seine Zuneigung mit all ihren Sinnen und mit jeder Faser ihres Körpers. Die Blondine ist bereits sexuell erregt und aufgebracht. Sie ergreift die Initiative und entkleidet Charly komplett. Sie legt ihn auf den Rücken, zieht ihren Slip aus und setzt sich auf ihren Traummann. Beide sind extrem liebeshungrig aufeinander.

Lustvoll lässt Lena, Charlys Geschlechtsteil in ihren Körper gleiten.

Langsam und genüsslich bewegt sie sich auf und ab. Sie spürt, wie ihr Körper pulsiert und ihre Bewegungen werden schneller. Lustvoll stöhnt sie im Rhythmus.

Ein sinnlicher Schrei entweicht ihr, als ein ekstatisches Glücksgefühl, in ihr über das Rückenmark aufsteigt und sich im ganzen Körper ausbreitet. Charly zieht ihren Kopf zu sich und küsst sie auf den Mund, als ihr Körper vor Erregung zuckt. Mit kreisenden Bewegungen ihres Beckens, genießt sie weiterhin sein erregtes Glied in ihrem Körper.

Liebevoll knabbert sie an seinem Ohr und flüstert: „Ich glaube, ich bekomme einen Muskelkater im Becken."

Charly gibt lächelnd die Antwort: „Da helfen nur Dehnübungen."

Er zieht ihr Kleid aus, dreht sie auf den Rücken und legt ihre mit seidig zarten Strümpfen bedeckten Beine auf seine Schultern. Seine Männlichkeit flutscht in ihre feuchte Vagina und beugt sich dann zu ihrem Kopf hinunter. Dabei wird ihr Becken gedehnt und er verwöhnt sie mit den klassischen und sinnlichen Bewegungen des Geschlechtsverkehrs. Lena presst ihre Beine an

Charlys Kopf zusammen und sie spürt, wie ihr Körper sexuell vibriert. Charly umarmt ihren Kopf und spielt sich mit seiner Zunge an und in ihrem Ohr. Ihre Gelenkigkeit ist beeindruckend. Im Dauerrausch der Erregung bekommt sie ihren ersten Höhepunkt seit Jahren und Charlys Orgasmus ist der krönende Abschluss.

Nach diesem 2-stündigen Liebesakt, liegen sie glücklich aber erschöpft nebeneinander im Bett.

Lena kommt zu dem Entschluss: „Was Feinstrümpfe und ein Kleid bei einem Mann auslösen, ist echt faszinierend. Wobei, ich mich auch sehr sexy gefühlt habe."

Charly dreht sich seitlich zu ihr, streichelt ihren straffen, flachen Bauch und sagt: „Ohne dem passenden Inhalt, meine Liebe, sind Nylonstrümpfe nicht viel wert. Es ist dein ganzes Wesen was mich fesselt und mich um den Verstand bringt. Schon alleine dein Anblick, bringt mich in einen erregten Gesamtzustand. Deine innerliche Wildkatze ist erwacht, Süße."

Überglücklich liegt Lena auf dem Rücken und genießt die liebevollen Worte.

Unter Freudentränen, sagt sie: „Ich kann es gar nicht glauben. Nach so viel Jahren, durfte ich wieder einen Orgasmus spüren. Charly, ich habe tatsächlich, einen Höhepunkt erlebt."

Charly, der sie noch immer am Bauch streichelt, sagt: „Es freut mich sehr, dass du dich wieder selbst fühlst und du es auch zulassen kannst."

Lena: „Ein unbeschreiblich schönes Gefühl. Mein totgeglaubtes Kätzchen ist durch dich, wiederbelebt."

Charly: „Du selbst, hast es wiederbelebt. Ich war vielleicht der Anstoß dazu."

Lena: „Du bist wirklich ein wahnsinnig toller Mensch, Charly. Das was du sexuell mit mir machst, ist mit Worten nicht zu beschreiben. Ich liebe einfach alles an dir. Dies spürte ich schon, wie ich dich das erste Mal gesehen hatte."

Charly lächelt und sagt: „Gezeigt hast du es mir aber nicht."

Lena: „Du hattest doch nur Augen für die anderen hübschen Kolleginnen. In dein Beuteschema passte ich nicht. Warum hast du diese Möglichkeiten, von unendlich vielen perfekten, mit nylonbedeckten Beinen der attraktiven Frauen nicht zu deinen Gunsten angenommenen? Jede einzelne, wäre gerne deine Geliebte."

Charly lacht: „Ich wollte dich, trotz Hülle."

Daraufhin kitzelt sie Charly und sie toben lachend im Bett herum.

Nach einiger Zeit umarmt sie Charly und sagt: „Es ist ein wunderschönes Gefühl für mich, meinen ersten Höhepunkt nach vielen Jahren, mit dir erlebt zu haben, oder besser gesagt, erleben durfte. Die ganze Welt darf wissen, dass du mein Traummann bist."

Charly: „Verstehe ich das jetzt richtig? Kein Versteckspiel mehr?"

Lena: „Wozu auch? Ich liebe dich über alles."

Charly genießt die Umarmung, genauso wie Lena.

In mehreren Etappen streicheln sie sich, die ganze Nacht, immer wieder gegenseitig, was sich am Morgen, mit Übermüdung und Schlaflosigkeit rächen wird.

In Lenas gewohnten stillosen und eingehüllten Outfit, kommt sie mit Charly in der Firma an.

Händchenhaltend gehen sie über das Firmengelände, vor den Augen der Kolleginnen. Wie ein Lauffeuer verbreitet sich ihre Beziehung. Die gesamte Belegschaft von Valentina Mannequin spricht über das frischverliebte Paar.

Diverse Aussagen machen die Runde:
Charly der für viele Frauen ein Traummann ist, soll mit diesem Mauerblümchen zusammen sein?
Lena, die überhaupt keinen Stil hat, hat sich den attraktiven Charly geangelt?
Von den unzähligen sexy Schönheiten, nimmt Charly genau die Frau, für die sich kein Mann interessiert?

In der Werkstatt sagt Lena: „Vielleicht wäre es besser gewesen, unsere Liebe nicht bekannt zu geben."

Charly: „Lass sie doch reden."

Zur selben Zeit, gab es viel Gelächter in den Büros. Die neue Mitarbeiterin wird kurzerhand in die Neuigkeiten eingeweiht: „Unser gutaussehender Haustechniker ist mit der Helferin liiert. Sie ist genau das Gegenteil von uns. Ein echtes Mauerblümchen wie aus dem Buch. Kein Mann beachtet sie, nur unser

Haustechniker. Wahrscheinlich hat er Komplexe. Bei ihr kann er trotzdem Punkten, weil sie froh ist, überhaupt einen Mann zu haben. Bei uns selbstbewussten Frauen, käme er damit nicht durch. Nur ein ganzer Mann, kann uns erobern und befriedigen."

Als Lena über das Firmengelände geht, ruft Laura spöttisch, die vom Fenster aus, sie sieht: „Schaut, hier geht unsere stolze graue Maus. Ihr Nischendasein hat sich aber nicht verändert."

Die neue Mitarbeiterin sagt schmunzelnd: „Vermutlich hat sie andere Vorzüge zu bieten."

Christina antwortet: „Warte bist du ihren Lover siehst. Dann kannst du das Widersinnige verstehen."

Unbeachtet und auch Nichtsahnend von dem Gespött, gehen Lena und Charly ihren beruflichen Tätigkeiten nach. Ein Anruf aus dem Bürogebäude unterbricht jedoch ihre Arbeit. Ein Regal ist gebrochen. Charly schickt Lena hin, damit sie sich einen Überblick verschaffen kann. In der Zwischenzeit kann Charly die angefangene Arbeit noch fertig stellen.

Als Lena im Büro eintrifft, um den Schaden zu begutachten, wird sie der neuen Mitarbeiterin vorgestellt. Lena ist von ihrer Erscheinung sehr beeindruckt. Eine traumhaft schöne Frau.

Sie macht ein Foto von dem Schaden und geht zurück zu Charly und sagt: „Die neue Mitarbeiterin ist eine sehr attraktive und bildhübsche Frau. Sie scheint nett zu sein."

Charly antwortet: „Was ist mit dem Regal? Können wir es reparieren oder muss es erneuert werden?"

Lena: „Ein Fach ist gebrochen. Das Regal ist noch top. Wäre rasch erledigt, da wir Reservefächer im Lager haben. Neue Fächerträger wären noch sinnvoll."

Charly: „Gut, dann machen wir das."

Im Lager suchen sie nach einem passenden Fach und Charly steckt sich noch Fächerträger ein.

Auf dem Weg in die Werkstatt kommt eine Mitarbeiterin auf die beiden zu und sagt: „In der Verpackungsabteilung funktioniert das Förderband auf einmal nicht mehr."

Lena sagt: „Das war schon öfters. Es liegt am Notschalter. Die Anlage gehört neugestartet, dann funktioniert sie wieder. Ich kümmere mich darum. Charly, teilen wir uns auf?"

Charly antwortet: „Gut. In welchem Büroraum ist das Fach zu wechseln?"

Lena: „Dort wo wir gestern den Arbeitsplatz für die neue Mitarbeiterin eingerichtet haben."

Als Charly das Büro betritt, wird er verwundert von der neuen Mitarbeiterin angesprochen: „Charly?"

Er sieht sie an und erkennt sie: „Silvia, was tust du hier?"

Silvia erhebt sich vom Bürostuhl und geht zu ihm: „Ich bin die Neue. Charly, wie geht's dir?"

Charly ist offensichtlich nicht so glücklich, seine Ex-Geliebte wieder zu sehen: „Bis jetzt ging es mir gut."

Silvia sagt: „Das ist aber eine kalte Begrüßung. Arbeitest du als Haustechniker hier?"

Charly: „Scheint so, ja."

Silvia: „Freust du dich überhaupt nicht, mich wieder zu sehen? Ach übrigens, deine Freundin durfte ich schon kennenlernen. Sie ist süß."

Charly: „Erspare uns das falsche Getue, Silvia. Ich muss arbeiten."

Charly wechselt das Fach und geht wieder.

Silvia folgt ihm: „Charly, so warte doch. Charly, bitte bleib stehen."

Charly dreht sich um und fragt: „Was willst du von mir?"

Silvia: „Willst du mir permanent aus dem Weg gehen? Ich arbeite jetzt auch in dieser Firma. Wir werden uns öfters über den Weg laufen."

Charly war genervt: „Silvia, ich verließ dich, weil auch du mich belogen und verletzt hast. Und jetzt soll ich so tun, als wäre alles voll Sonnenschein?"

Silvia: „Lass uns doch in Ruhe reden und alles klären. Wir kennen uns schon so viele Jahre."

Charly: „Gut, okay. Warum arbeitest du nicht mehr bei Boris?"

Silvia: „Ich habe am selben Tag wie du gekündigt und jeglichen Kontakt zu Boris und auch Claudia abgebrochen. Kurze Zeit später ging ich in Mutterschutz."

Charly: „Gratuliere. Hast du also eine Familie gegründet?"

Silvia: „Nein, nicht ganz, Charly. Du bist der Vater meiner Tochter, die…"

Charly unterbricht sie entsetzt: „Tu mir das bitte nicht an."

Silvia wird wütend und laut: „Spinnst du? Du hattest mich geschwängert. Was soll ich dir nicht antun? Ich musste mich alleine durchkämpfen, da du nicht mehr erreichbar warst."

Charly: „Schrei bitte nicht so. Gib mir deine Telefonnummer, ich werde mich bei dir melden."

Als Charly in die Werkstatt zurückkommt, fragt Lena: „Hast du die neue Mitarbeiterin gesehen?"

Charly: „Ja, leider. Silvia ist meine Ex-Freundin und sie war der Grund, warum ich einen Ortswechsel machte. Sie war es, die mich belogen, betrogen und verletzt hat. Genauso wie meine Ex-Frau Claudia. Die beiden Frauen, sind gleich verlogen."

Lena ist traurig: „Das tut mir sehr leid, Charly.

Charly spricht weiter: „Und ich soll auch der Vater ihrer Tochter sein, so ein Quatsch."

Lena fragt: „Könnte es rechnerisch sein, dass es dein Kind ist?"

Charly: „Ich habe keine Ahnung."

Lena: „Ihr müsst das in einem ruhigen Gespräch klären. Am besten unter 4 Augen, nur ihr beide. Mach es heute, Charly. Ihr müsst euch aussprechen. Es beschäftigt dich."

Charly blickt Lena mitleidend an und umarmt sie mit den Worten: „Das darf doch alles nicht wahr sein. Gerade jetzt, wo ich mit dir die schönste Zeit meines Lebens erlebe."

Lena: „Das bleibt auch so, Charly. Klärt es unter euch."

Zur selben Zeit im Büro:
Laura und Dagmar fragen Silvia, woher sie Charly kennt?

Silvia erzählt: „Charly ist mein Ex und der Vater meiner Tochter."

Laura: „Du bist seine Ex-Frau? Und jetzt ist er mit diesem traurigen Mäuschen zusammen? Der spinnt doch."

Silvia: „Wir waren nicht verheiratet. Ex-Geliebter passt besser."

Das Gespräch zwischen Charly und Silvia.

Nach telefonischer Vereinbarung, besucht Charly sie in ihrer Wohnung. Die Adresse hat sie ihm zukommen lassen.

Silvia: „Ich wollte dich damals nicht anlügen. Vielmehr wollte ich den Moment mit dir genießen. Schau, auf diesem Foto siehst du deine Tochter Sophia, die bei der Geburt verstorben ist."

Charly: „Du hattest eine Totgeburt? Das tut mir sehr leid. Wie geht es dir jetzt, nach diesem Schicksalsschlag?"

Silvia: „Sie bleibt immer in meinem Herzen und wie man so schön sagt, die Zeit heilt die Wunden."

Charly: „Was macht dich so sicher, dass ich der Vater war?"

Silvia: „Ich hatte nur mit dir sexuellen Kontakt, und auch den letzten mit dir. Charly, lassen wir die Vergangenheit ruhen und fangen neu an. Wir sind ein Traumpaar. Deine Beziehung mit Lena, kann dir doch nicht ernst sein. Sie passt überhaupt nicht zu dir, aber wir beide. Denk an den wunderbaren Sex, und an die vielen Jahre, die wir uns kennen."

Charly: „Nein Silvia. Unsere Zeit ist Vergangenheit. Ich liebe Lena, wie ich noch nie eine Frau geliebt habe."

Silvia: „Dieses graue Mäuschen? Was kann sie dir geben?"

Charly steht auf und sagt beim Gehen: „Eine wahre und innige Liebe, gibt sie mir. Und der Sex mit ihr, ist der Wahnsinn und auch von dir nicht zu überbieten. Leb wohl."

Silvia ist schockiert, frustriert und zornig zugleich. Sie schimpft ihm nach: „Das wirst du bereuen."

Enttäuscht kommt Charly daheim an, wo Lena schon ungeduldig auf ihn wartet.
Er erzählt ihr über das Gespräch und lässt sich von seiner Liebsten kraulen und streicheln, damit er sich entspannen kann. Lena ist sehr bemüht um ihren Charly. Seinetwegen trägt sie ihre Haare offen und ihre Beine hat sie mit halterlosen Feinstrümpfen versüßt. Zudem ist sie unter ihrem seidigen Negligé nackt. Doch leider scheint es, dass Charly keinen Kopf dafür hat und dies gar nicht sieht. Für Lena ist es zweitrangig. Viel wichtiger ist es, für ihn da zu sein. Liebevoll legt sie seinen Kopf auf ihren Schoß und streichelt ihn durch seine Haare.

Die gemeine Aussage von Silvia, über Lena, behält er für sich.

Erst nach einiger Zeit, entspannt sich Charly und kann die liebevollen Streicheleinheiten von Lena genießen. Langsam fängt er an, über das Strumpfband der halterlosen Nylons zu streicheln.

Lena lächelt und sagt mit sanfter Stimme: „Schön, dass du wieder entspannter wirst. Wir stehen das gemeinsam durch, okay? Lass dich von mir verwöhnen und genieß es."

Sie streichelt seinen Kopf, sein Gesicht und soweit sie mit ihren Händen ragt, also, bis zu seinem Bauch.

Charly lässt seine Hand über ihre Beine gleiten. Vom Knie bis unter ihr Negligé. Und das, immer wieder. Das beruhigt ihn zusehend. Lena weiß genau, wie sie ihn mit ihrer Liebe, auf andere Gedanken bringen kann.

Nach dem morgendlichen Kaffee in ihrer Werkstatt, räumen Lena und Charly das Lager auf. Teile müssen nachbestellt werden und sie möchten ungestört sein.

Am Nachmittag, wird ihre Zweisamkeit gestört. Dagmar sucht das Techniker-Team. Da sie in der Werkstatt nicht zu finden sind, ruft sie ins Lager: „Hallo, ist da jemand?"

Charly und Lena zeigen sich und antworten: „Ja, wir sind hier."

Dagmar wendet sich Lena zu: „Ich bräuchte eine Steckdosenleiste mit 3 Anschlüssen."

Charly sagt: „Was möchtet ihr zusätzlich anschließen?"

Dagmar: „Mit dir rede ich nicht mehr, sondern mit Lena."

Charly fragt verwundert: „Und warum, redest du nicht mehr mit mir?"

Dagmar schaut ihn böse an: „Was bildest du dir eigentlich ein? Silvia hat mir alles erzählt."

Charly: „Was hat dir Silvia erzählt?"

Dagmar: „Du hast sie geschwängert und dann alleine gelassen. Du bist einfach verschwunden. Echt cool von dir."

Charly: „Das stimmt doch nicht. Sie verdreht es zu ihren Gunsten. Was soll dieser Blödsinn?"

Dagmar: „Komm, lass gut sein. Ich kenne Männer wie dich. Also Lena, kannst du mir eine Steckdosenleiste geben?"

Lena holt 2 Stück, jeweils in Weiß und in Schwarz.
Charly der noch immer fassungslos ist, sagt: „Warum glaubst du ihre Version?"

Dagmar: „Nicht nur ich, Charly. Es weiß die gesamte Belegschaft und du bist bei uns unten durch."

Lena zeigt die Verteiler Dagmar. Sie nimmt die Schwarze und sagt: „Danke Lena, diese passt besser."

Charly und Lena schauen ihr fragend nach und Charly kann es nicht glauben, was Silvia herumerzählt.
Er sagt: „Warum macht sie das?"

Lena: „Sie ist verletzt. Geh auf sie zu und sprich mit ihr. Aber, nicht in der Firma."

Bevor Charly antworten kann, kommt Silvia herbei und sagt: „Gut, Charly. Ich werde dir einen Vaterschaftstest vorlegen. Du bist der Vater meiner totgeborenen Tochter. Gibst du mir Haare von dir in diese Tüte? Ich hoffe, du bist stolz auf dich."

Charly: „Bist du auf deine Lügengeschichten stolz? Hier, hast du meine Haare."

Silvia: „Ich werde es dir schwarz auf weiß vorlegen, dass du der Vater von Sophia bist."

Charly: „Warum erzählst du, ich hätte dich als Schwangere sitzen gelassen? Du hast mich belogen und verletzt, das war der Grund meines Gehens. Das weißt du auch. Was soll das Ganze?"

Silvia: „Schwaz auf weiß, Charly. Ich sagte dir bereits, du wirst es bereuen, mich verletzt zu haben."

Lena mischt sich ein: „Ich werde euch alleine lassen. Redet miteinander, jetzt."

Als Lena ging, sagt Silvia: „Deine Worte gestern, waren Giftpfeile. Der Sex mit mir, war nicht gut? Die Art und Weise, wie herablassend du mit mir geredet hast, ist das Letzte."

Charly: „Für das, möchte ich mich entschuldigen bei dir. Es tut mir leid. Bitte, höre auf, Unwahrheiten zu verbreiten. Das ist nicht fair."

Silvia: „Dann, komm zu mir zurück und akzeptiere deine Tochter, die in Frieden ruht. Lena ist dir sowieso nicht würdig."

Charly: „Lena ist mir würdiger als alle anderen Frauen. Niemals, werde ich zu dir zurückkommen. Und, sprich nie wieder so negativ über Lena."

Silvia: „Sind das deine letzten Worte? Okay, wie du möchtest. Es liegt an dir, wie weit es gehen wird."

Als Silvia am Gang, Lena begegnet sagt sie: „Lass dich von Charly nicht benutzen."

Lena gibt keine Antwort und geht zu Charly.
Sie fragt ihn: „Habt ihr reden können?"

Charly: „Sie spielt ein sehr böses und gemeines Spiel. Meine Worte tragen keine Früchte."

Lena: „Hey, lass dich nicht hängen. Wir beide schaffen das. Um was geht es ihr eigentlich, wirklich?"

Charly: „Ich soll zu ihr zurückkommen und alles Geschehene vergessen."

Lena: „Du liebtest sie und wurdest verletzt. Könntest du ihr verzeihen?"

Charly: „Die Vergangenheit, wahrscheinlich schon. Aber, das was sie jetzt abzieht, definitiv nicht."

Lena: „Gibt es eine Möglichkeit, wodurch dieser Streit beendet werden könnte? Oft ist es ratsam, wenn beide einen Schritt aufeinander zugehen und Kompromisse eingehen."

Charly: „Ich werde niemals zu ihr zurück gehen. Schon gar nicht, während meiner schönsten Zeit in meinem Leben. Du bist mein Leben, Lena."

Lena: „Danke für deine Liebe zu mir. Versuch Silvia zu verstehen. Ich denke, sie leidet noch immer an der Trennung und sie braucht Zeit. Begegne ihr weiterhin mit Respekt."

Auf die darauffolgenden Tage, wurde die Stimmung zwischen Charly und seiner Ex-Geliebten Silvia, nicht besser. Weiterhin beharrt sie auf ihre Version und den Vaterschaftstest legte sie ihn, arrogant vor.

Darauf steht: Charly ist der Vater von Sophia.

Bei den Kolleginnen hatte es Charly sehr schwer. Silvia zog alle auf ihre Seite. Seine geliebte Lena, steht eisern hinter ihm. Gewisse Büro-Mitarbeiterinnen, schütten noch Öl ins Feuer und heizen die angespannte Situation weiter an. Das bekräftigt Silvia enorm.

Charly und Lena gehen die Anfeindungen aus dem Weg und verhalten sich freundlich und hilfsbereit, wie alle sie bisher kennen. Egal wem sie begegnen, sie grüßen freundlich mit einem Lächeln, wie wenn nichts wäre. Sie lassen die negative Stimmung nicht an sie heran.

Silvia hat einen neuen Job in der Firma. Ab sofort, ist sie die persönliche Assistentin vom Geschäftsführer Mark Gruber. Und das, nur wenige Tage seit Eintritt in das Unternehmen. Charly findet das nicht ungewöhnlich, da er ihre berufliche Leistung kennt. Immerhin hatte sie im Büro in der damaligen Werkstatt von Boris, alles bestens gemeistert. Eigentlich, war sie die Managerin. Auch bei den Kolleginnen, gibt es deswegen keinen Streit.

Unbeeindruckt von Silvias Karrieresprung, arbeiten Charly und Lena an einer Produktionsmaschine, die eine Störung hat. Der Roboterarm nimmt die fertigen Teile nicht richtig auf. Lena findet die Ursache. Es liegt an einem fehlerhaften Sensor. Zusammen tauschen sie das Teil und da die Maschine sowieso steht, machen sie auch eine Wartung. Kurz vor Ende der Arbeiten und dem Dienstende, wird Charly zum Geschäftsführer gerufen.

Währenddessen, macht Lena alleine weiter, da sie mit den Arbeiten bestens vertraut ist. Die Maschinenbedienerin Sandra unterhält sich mit ihr. Sie ist eine der wenigen, die dem Gerede aus dem Weg geht.

Jedoch sagt sie zu Lena: „Falls etwas Wahres an der Geschichte dran sein sollte, hast du keine Bedenken, dass dir das auch passieren könnte?"

Lena: „Nein. Ich vertraue Charly, weil ich ihn sehr gut kenne und wir uns lieben. Es gibt immer zwei Versionen einer Geschichte. Silvia ist verletzt und liebt Charly noch immer."

Sandra: „Ja, das stimmt. Niemand kennt Charlys Version. Traurig, dass es niemand interessiert. Und jetzt sitzt sie auch noch im Chef-Büro."

Hierbei verteidigt Lena sie: „Silvia ist eine sehr gute Büro-Angestellte. Dieser Job passt zu ihrem Können."

Sandra: „Oh, okay. Ich dachte eher, naja, du weißt schon."

Lena lacht: „Nein, Silvia braucht sich nicht hochschlafen. Sie hat das Wissen und die Erfahrung für diese Tätigkeit."

Charly kommt zurück zu Lena und sagt: „Ich bin gekündigt. Der Gruber kann es nicht dulden, dass einer seiner Mitarbeiter, seine schwangere Frau sitzen lässt."

Lena ist fassungslos: „Spinnt er komplett? Egal was war, es ist Privat und hat mit deiner Arbeit nichts zu tun."

Charly: „Egal, ich möchte heim und ganz schnell aus der Firma raus."

Daheim angekommen, ärgert sich Charly noch immer über die Aussage des Geschäftsführers: „Ein Verstoß gegen die moralische Vaterpflicht, nannte er das. Meine Erklärung dazu, interessierte ihn überhaupt nicht."

Lena: „Dagegen müssen wir etwas unternehmen. Eine private Angelegenheit, ist kein Kündigungsgrund."

Charly: „Unter dieser miesen Stimmung, die Silvia ausgelöst hat, möchte ich nicht mehr in dieser Firma arbeiten."

Lena: „Denkst du auch an mich? Ich möchte mit dir zusammenarbeiten und genau in dieser Firma."

Charly: „Lassen wir dieses Thema ruhen. Wir haben Wochenende und das möchte ich mit dir genießen. Möchtest du etwas unternehmen? Wir könnten einen Ausflug machen und dabei gemütlich essen gehen. Was schwebt dir vor?"

Lena: „Ganz ehrlich? Ich möchte nicht in die Öffentlichkeit, bitte verzeih mir. Mein Herzenswunsch wäre, ganz etwas tolles, nur mit dir."

Charly: „Und das wäre?"

Lena schmunzelt: „Ich könnte mich für dich hübsch machen, also verkleiden und wir verbringen das ganze Wochenende im Bett."

Charly: „Das wäre auch mein Wunsch. Ich dachte, du möchtest nicht immer daheim sein mit mir und vielleicht etwas unternehmen."

Lena: „Nein. Mit dir daheim sein, das möchte ich am liebsten."

So kommt es auch. Ihr Start ins Wochenende, beginnt im Bett. Zwischen den ausgiebigen Liebesspielen, wird gekuschelt, verwöhnt und geschlafen, bis in die Morgenstunden.

Lena zaubert wunderschöne Kleider, Röcke Nylonstrümpfe und verführerische Unterwäsche aus ihrem Koffer. Sie präsentiert Charly eine einzigartige Modenschau.

Charly ist verblüfft und sagt: „Traumhaft schön, Lena. Ich bin überwältigt, was für eine tolle, elegante und sehr sexy Mode du mir zeigst. An dir schaut es noch schöner aus. Wie kommt es, dass du dich so perfekt, besonders mit High-Heels bewegen kannst? Du gleichst einem Profi-Model auf dem Laufsteg. Manche Frauen können nur davon träumen, sich so zu bewegen. Wo hast du es gelernt?"

Lena: „Als Teenager schaute ich mir das ab und den Kleiderschrank meiner Mutter nahm ich in Beschlag. Später hatte ich eine Beziehung mit einer sehr hübschen Frau, die Model werden wollte. Ich zeigte ihr die klassischen Bewegungen und durch das gemeinsame Üben und Präsentieren, hatte sie es dann geschafft und mittlerweile ist sie ein erfolgreiches Model geworden."

Charly: „Ich denke, manchen Frauen liegt es im Blut, sich so bewegen zu können. Natürlich mit üben, aber bei einigen Frauen ist es zwecklos. Und das alles, versteckst du und arbeitest als Technik-Helferin. Wobei die Bezeichnung, Helferin eine Frechheit ist. Du bist eine verdammt gut ausgebildete Technikerin und das solltest du Gruber sagen."

Lena: „Für mich passt es so wie es ist."

Charly lächelt: „Es ist mir eine besondere Ehre, deine versteckte Schönheit, deine Liebe, kennen, sehen und spüren zu dürfen. Dich lieben zu dürfen, ist mit Worten nicht zu beschreiben."

Lena umarmt ihn: „Oh, wie süß."

Charly: „Und trotzdem verstehe ich nicht, warum du dich einhüllst und versteckst. Du bist hochintelligent, selbstbewusst und außergewöhnlich attraktiv und sexy. Ja, dein Dasein verkörpert die Perfektion der Schönheit."

Lena: „Ich möchte kein Vorzeige-Püppchen sein, wie einige Frauen sich präsentieren. Dazu bin ich viel zu schüchtern und viel zu verklemmt. Vielmehr möchte ich für dich so sein, und zwar nur für dich. Für unsere Liebe benötige ich keine Öffentlichkeit. Ist es sehr schlimm für dich?"

Charly: „Natürlich nicht, meine Liebste. Du bietest mir meine schönste Zeit in meinem Leben. Wie darf und kann ich mir eigentlich, deine bisherigen Beziehungen, also die Weiblichen vorstellen? Auf welchen Typ Frauen, stehst du?"

Lena lacht: „Ich stehe auf dieselben Frauen wie du. Optisch, wie unsere Büro-Damen. Vor allem, wie Silvia. Ja, und genau mit solchen Typ Frauen, hatte ich Beziehungen. Da staunst du jetzt, stimmts? Du denkst dir jetzt sicher, ein schüchternes Mauerblümchen und eine sexy Braut, passen nicht zusammen. Oh doch und wie die passen."

Charly: „War keine Frau dabei, die dich für die sogenannte Öffentlichkeit ermutigt hätte? Du bist wunderschön und man zeigt sich gerne mit dir."

Lena: „Doch, aber ich konnte es nicht."

Charly: „Okay, ich werde dich damit nicht mehr nerven. Ich liebe dich, so wie du bist. Was hast du über den Verkauf der Firma herausgefunden? Plant Gruber etwas, was dem Unternehmen schaden kann?"

Lena: „Der Deal mit China ist überraschend geplatzt. Er dürfte seine Tätigkeit als Geschäftsführer gut machen, soweit ich das, als Helferin, einschätzen kann. Nur deine Kündigung, die werde ich nicht akzeptieren. Sie ist nicht gerechtfertigt. Er vertraut dir beruflich blind, also warum, aus privaten Gründen diese bescheuerte Kündigung?"

Charly: „Ich denke, da steckt Silvia dahinter."

Lena: „Auch, wenn es so scheint, dass Silvia dahintersteckt. Sie ist verletzt und sie liebt dich noch immer. Zeige ihr trotzdem deinen Respekt. Immerhin, bist du der Vater, deiner, nein, eurer Tochter. Schlimm genug, dass sie Tod geboren wurde. Das muss echt tragisch sein. Steh, ihr bei, trotz deiner Wut auf sie. Wie fühlst du dich, immerhin, hast du auch du ein Kind verloren?"

Charly: „Keine Ahnung. Im Nachhinein betrachtet, eher gelassen, glaube ich. Warum, ist es ihr so wichtig, dass ich das totgeborene Kind akzeptiere?"

Lena: „Aus Liebe zum Kind, damit es auch einen Vater hat. Vermutlich denkt sie, sie ist es dem Kind schuldig, damit sie in Frieden ruhen kann."

Charly: „Gut, so wie du es mir erklärst, wäre es nachvollziehbar und auch verständlich."

Lena: „Komm zu mir, Charly. Ich werde dich zur Entspannung, kraulen und streicheln."

Später, im entspannten Zustand, sagte Charly: „Ich hätte dich gerne, etwas figurbetonter gekleidet. Dass du nicht in einem Kleid arbeiten kannst, ist mir schon klar. Aber, es gibt auch Arbeitshosen, die zumindest figurbetont und weiblicher sind. Hättest du kein Interesse, es zu versuchen? Ich merke doch, wie dein Selbstbewusstsein, besser geworden ist."

Lena: „Ob ich mir das traue? Ich weiß nicht so recht. Bei dir daheim, traue ich mich, mittlerweile schon sehr viel. Aber, in der Öffentlichkeit? Und jetzt, wo ich alleine in die Firma fahren muss, schon gar nicht. In deiner Nähe, wäre es eine Überlegung wert gewesen, warum nicht? Es ist schon sehr erstaunlich, wie ich mich, durch deine Unterstützung, in einer sehr kurzen Zeit, verändert habe. Ich kann mich nackt einem Mann zeigen und hatte sexuelle Befriedigung erleben dürfen. Noch vor kurzem, ist das undenkbar gewesen. Dafür danke ich dir vielmals, Charly. Ohne dich, wäre ich nicht soweit. Du hast mich aus meinem Schneckenhaus gebracht."

Charly: „Deswegen möchte ich einen Schritt weitergehen und dich femininer kleiden. Natürlich, Arbeitstauglich. Überlege es dir einfach in Ruhe. Den perfekten sexy Körper hättest du, jetzt muss es nurmehr dein Kopf verstehen und annehmen. In der Zwischenzeit, könntest du mir eine weitere Modenschau präsentieren, wenn du möchtest."

Lena lächelt und mit diesem Vorschlag, ist sie einverstanden. Sie kramt in ihrem Koffer und sagt: „Aber, du darfst mir nicht beim anziehen zuschauen. Erst, wenn ich fertig bin."

Charly befolgte ihren Wunsch und bleibt im Bett liegen. Er ist schon sehr gespannt, was Lena aus ihrem Koffer zaubern wird. Lena geht mit ihrem Koffer in das Wohnzimmer um sich für Charly, besonders schick zu machen.

Lena kommt in das Schlafzimmer. Sie trägt ein schwarzes, kurzes Strechkleid mit Spitzen versehen. Um ihre schmale und zierliche Hüfte, ist ein bereiter Gürtel zu sehen. Ihre Beine sind bekleidet mit halterlosen gemusterten Feinstrümpfen. An den Füßen trägt sie schwarze High-Heels Pumps.

Charly ist sprachlos, von ihrem wunderschönen bekleideten Erscheinen. Noch bevor er sich satt sehen konnte, ist Lena schon wieder beim Outfitwechsel. Egal was Lena an ihrem Körper trägt, Charly ist begeistert und sehr stolz auf seine wunderschöne Geliebte.

Nach einiger Zeit der Modenschau, zerrt er sie ins Bett und sagt: „Ich kann nicht länger zusehen. Ich möchte und muss dich vernaschen."

Lena lächelt und ist überglücklich, dass Charly sie so sehr begehrt.

Das wunderschöne Wochenende mit Charly ist vorbei und Lena muss in die Firma fahren. Der erste Arbeitstag alleine, seit langer Zeit. Das macht sie traurig.

Charly hat 2 Wochen Kündigungsfrist und für diese Zeit, wurde er in den Urlaub geschickt. Innerhalb dieser Zeit, möchte Lena, die Kündigung revidieren. Es kann nicht sein, dass er deswegen gekündigt worden ist. Lena will das nicht akzeptieren. Sie würde gerne mit Silvia darüber reden und hofft auf eine passende Gelegenheit.

Dass Lena, nun sämtliche Arbeiten alleine erledigen muss, fällt ihr sehr schwer. Die Nähe und die technische Kompetenz von Charly, fehlt ihr. Wobei sie aber keine Angst vor diversen Aufgaben hat. In den 10 Jahren als Helferin, konnte sie einige Erfahrungen sammeln. Selbstbewusst, löst sie jedes technische Problem. Egal ob im Bürotrakt, in der Produktion oder in der Verpackungsabteilung. Verpackt werden nicht nur die selbstproduzierten Schaufensterpuppen, sondern auch das dazu passende Outfit für die Puppen. Komplette Kleidung und Zubehör wie Perücken, werden zugekauft und für die Kunden, mitangeboten. Deswegen ist die Verpackung, die größte Abteilung in der, überwiegend Frauen beschäftigt sind.

In den nächsten Tagen bekommt Lena diverse Gerüchte über Silvia mit. Die Ex-Geliebte von Charly soll angeblich, ihren Chef mit sexuellen Diensten beglücken. Diesen Behauptungen schenkt sie wenig Glauben, jedoch vermehren sich die Gerüchte. Kolleginnen berichten ihr, wie Silvia vor dem sitzenden Geschäftsführer kniete und ihn mit Oralsex verwöhnte.

Eine andere Kollegin sah, wie Silvia auf dem Bauch liegend auf dem Schreibtisch lag, Rock nach oben geschoben und Gruber mit herablassender Hose stehend, sie von hinten befriedigte. Silvia und auch der Geschäftsführer bemühten sich nicht einmal, dies besser zu verheimlichen. Silvia ist zwar Single, aber Gruber ist verheiratet.

Natürlich berichtet Lena diese Gerüchte ihren Charly, der fleißig an seinem Haus arbeitet, wenn sie in der Firma ist.

Charlys Ansicht, wegen der Gerüchte: „Silvia ist eine attraktive Frau, die derzeit keinen Partner hat, also warum darf sie nicht mit ihrem Boss, sexuell verkehren, solange es beidseitig gewollt ist. Gruber ist ein gepflegter und gutaussehender Geschäftsführer. Einige Frauen in der Firma würden bei Gruber, auch nicht nein sagen."

Lena: „Gruber hat eine Familie und er würde sich niemals von seiner Frau trennen. Er benutzt Silvia doch nur."

Charly: „Das ist deren Angelegenheit."

Lena: „Einerseits kündigt er dich aus moralischen Gründen und selbst betrügt er seine Frau mit seiner Assistentin? Das ist widersprüchlich."

Charly: „Er ist der Boss. Ich werde eine andere Arbeitsstelle finden. In einer Firma, in der ich nicht erwünscht bin, möchte ich sowieso nicht mehr tätig sein. Hinter der Kündigung, steckt sicher Silvia. Ich möchte nicht mehr streiten oder mich rechtfertigen müssen. Das Wichtigste, bist du für mich, egal wo ich arbeite."

Lena: „Aber, mir ist es nicht egal, Charly."

Charly nimmt Lena in seine Arme und sagt: „Egal was noch kommen wird, wir schaffen alles. Jetzt entspann dich und genieß deine Freizeit."

Da Lena in ihrer Freizeit, die Nähe zu Charly bevorzugt, hilft sie bei den Holzarbeiten mit. Gemeinsam bauen sie an der Überdachung der Terrasse.

Während dem Arbeiten, erwähnt Lena, wie sehr ihr das abgeht, mit ihm zusammen, in der Firma zu sein.

Sie sagt: „Bisher konnte ich noch jede Störung und jedes Problem lösen, aber was ist, wenn ich an ein Problem stoße, das ich nicht beheben kann? Dann steht der Betrieb."

Charly: „Zur Not rufst du mich an, vielleicht kann ich dir übers Telefon helfen. Es wäre sowieso die Aufgabe vom Gruber, einen Nachfolger einzustellen. Sucht er überhaupt einen neuen Techniker?"

Lena: „Sieht derzeit nicht danach aus. Es gibt auch viele Arbeiten, die für mich alleine zu schwer sind. Bei gewissen Tätigkeiten muss man einfach zu zweit sein."

Charly: „Absolut, das ist klar. Ich würde dir einen Helfer zur Seite stellen. Du kennst dich besser aus, als mancher Techniker."

Lena: „Nein, so ist es nicht. Ich stoße bei vielen an meine Grenzen."

Charly: „Da bin ich anderer Meinung, weil ich weiß, dass du verdammt gut bist. Sprich Gruber darauf an, wie er sich das vorstellt."

Am Abend, als die Dämmerung den Tag vertreibt, beenden sie die Arbeit und gehen gemeinsam in das Bad.

Liebevoll seifen sie sich gegenseitig ein und genießen die Zweisamkeit mit allen Zärtlichkeiten. Zur Beruhigung spielt sich Lena mit Charlys Genitalien. Hierbei kann sie sich am besten Entspannen und Charly gefällt es natürlich.

Nach dem Bad, föhnt sich Lena ihre Haare trocken und Charly legt sich zum Ausruhen ins Bett.

Nur in halterlosen sexy Strümpfen kommt Lena zu Charly unter die Bettdecke. Da Charly eingenickt war, streichelt Lena ihn liebevoll am Bauch. Charly öffnet mit einem Lächeln seine Augen und legt seinen Kopf auf ihre Oberschenkel. Genussvoll und zärtlich verwöhnen sie sich gegenseitig.

Nach dem Liebesvergnügen sagt Charly: „Es ist sehr erstaunlich, Lena. Du zeigst und gibst dich als Mauerblümchen, und hinter deiner Fassade, bist du genau das Gegenteil davon."

Lena: „Nur durch das Vertrauen zu dir, gepaart mit der unendlichen Liebe, kann ich mich öffnen. Dir gegenüber, trifft es zu."

Charly lächelt: „Dann erwacht die sexsüchtige Wildkatze in dir."

Am nächsten Tag, trifft Lena, endlich Silvia alleine und spricht sie an: „Silvia, warum tust du Charly das an? Hast du etwas mit der Kündigung zu tun?"

Silvia: „Jeder bekommt die Gerechtigkeit zu spüren, die er verdient. Das hat er sich selbst eingebrockt."

Lena: „Weißt du, Silvia, es gibt nichts Schlimmeres, als sich von Wut und Rachegefühlen leiten zu lassen. Ich spreche aus Erfahrung, ja, zum Teil empfinde ich heute noch so und dieses miese Gefühl wird man nicht so leicht los. Ich möchte dich bitten, denk über deine Rachsucht nach. Alles was dadurch zerstört wird, ist für immer beschädigt. Warum zerstörst du das berufliche Leben eines Menschen, den du offensichtlich sehr liebst?"

Silvia: „Charly hat mein Leben zerstört und nicht umgekehrt."

Lena: „Womit denn, Silvia?"

Silvia: „Er hat mich verletzt und abwertend behandelt."

Lena: „Meist liegt es an beiden Seiten. Unüberlegte Äußerungen entstehen durch Schmerz und auch durch Selbstverteidigung."

Silvia: „Es liegt an Charly."

Lena: „Darf ich dir noch einen Rat geben? Beende diesen Krieg und auch die Gerüchte, über dich und Herrn Gruber. Du bist zu intelligent, um auf dieser Schiene, Rache auszuüben."

Silvia: „Mein Privatleben geht niemanden etwas an."

Lena: „Dann schütze es besser, falls die Gerüchte stimmen sollten."

Verärgert und auch beschämt antwortet sie: „Das sagst gerade du, ein Mauerblümchen?"

Lena: „Ich verzeihe dir, weil ich dich sehr schätze. Kannst du mir bitte einen Termin beim Geschäftsführer machen? Oder, möchtest du ihm ausrichten, dass ich alleine als Helferin, nicht sämtliche Arbeiten erledigen kann? Charly fehlt als Techniker. Dankeschön Silvia."

Nachdenklich, blickt Silvia ihr nach.

Kurze Zeit später wird Lena zum Geschäftsführer gerufen.

Gruber ist bereits von Silvia informiert worden, er sagt: „Lena, wie ich hörte, sind sie der Aufgaben im Betrieb nicht gewachsen und fordern Charly zurück. Stimmt das?"

Lena: „Es gibt Tätigkeiten, die alleine nicht machbar sind. Nicht umsonst gab es bisher immer zwei Personen. Natürlich wünsche ich mir Charly zurück, da er der beste Techniker ist, den diese Firma je hatte. Immerhin stellten sie ihn ein."

Gruber: „Jeder Mitarbeiter ist ersetzbar. Ich weiß seine Begabungen sehr zu schätzen, doch welche meinen sie konkret? Dass sie ein Paar sind, ist kein Geheimnis. Ich würde sagen, ihre sexuellen Fantasien leben sie im privaten Raum aus und ich kümmere mich um einen Techniker. Danke, fürs Kommen."

Enttäuscht geht Lena bei der schmunzelnden Silvia vorbei und geht in die Werkstatt. Am liebsten würde sie jetzt schreien und weinen. Doch, der nächste Auftrag wartet.

Kurz vor dem Feierabend, kommt Gruber mit einer weiteren Person auf Lena zu: „Lena, das ist unser neuer Techniker, Herr Peter Seidel. Er wird morgen Früh seine Arbeit aufnehmen. Unterstützen Sie ihn."

Wie gewohnt, geht Gruber ohne weitere Reaktionen wieder. Lena reicht dem neuen Techniker die Hand und Peter ignoriert es. Er folgt dem Geschäftsführer.

Lena wird klar, dass ihre schönen Zeiten in diesem Betrieb, vorbei sein werden.

Lenas Befürchtungen und Vorahnungen, werden leider bestätigt. Am nächsten Tag, bei einer Anlage erkennt Lena den Fehler und sagt: „Hier ist der Fehler, es liegt..."

Peter unterbricht sie: „Um es gleich mal geklärt zu haben. Ich bin der Techniker und du bist nur die Helferin. Also, reinige erstmal den Arbeitsbereich, damit ich mich nicht schmutzig mache. Nur weil mein Vorgänger dich gepoppt hat, heißt das nicht, dass ich dich auch nageln werde. Bei mir hast du keine Chance. Du entsprichst nicht meinen Erwartungen. Bei mir gibt es klare Grenzen. Ich bin der Chef und du die Helferin. Schlimm genug, dass du eine Frau bist. Obwohl, das stimmt auch nicht wirklich. Nennen wir es weiblich, ohne weibliche Reize."

Um weitere Peinlichkeiten und Abfuhren zu bekommen, vermeidet sie jede weitere Diskussion. Nur mühsam und schweigend, bringt sie diesen ersten Arbeitstag, mit dem neuen Techniker zu Ende.

Bedrückt und enttäuscht, kommt sie nach der Arbeit zu Charly heim. Er umarmt sie liebevoll und erkennt ihre Stimmung. Er hält sie einfach in seinen Armen, bis Lena ihre Erlebnisse mit Peter erzählt.

Darüber ist Charly sehr schockiert und wird wütend: „Ich werde ihn mir morgen zur Brust nehmen. So respektlos darf er dich nicht behandeln."

Lena: „Nein Charly, bitte. Ich muss das selber klären. Halt mich in deinen Armen und bring mich auf andere Gedanken."

Nach einiger Zeit sagt Charly: „Vielleicht ist es besser, wenn du ebenfalls die Firma wechseln würdest."

Lena antwortet nicht darauf und weint. Charly drückt sie ganz liebevoll und lässt sie erstmal fertig weinen. Anschließend gehen sie gemeinsam baden. Charly ist es wichtiger, für seine Lena da zu sein, als die Arbeiten am Haus. Er widmet sich ganz seiner Liebsten.
Nach dem gemeinsamen baden, legen sie sich nackt ins Bett um zu kuscheln.

Lena fragt: „Warum hast du mir von Beginn an, nie spüren lassen, dass ich nur deine Helferin war?"

Charly: „Wozu hätte ich das tun sollen? Als neuer Mitarbeiter braucht man jede Unterstützung, bis man weiß, wo alles ist, wie die Abläufe sind und von deiner Erfahrung, konnte ich nur profitieren. Zudem, erkannte ich recht schnell, dass du mit deinem Wissen, eine ebenbürtige Kollegin bist. Warum du nur als Helferin eingestellt bist, verstand ich nie."

Lena: „Und ab wann, interessiertest du dich für mich?"

Charly: „Seit meinem ersten Arbeitstag. Ich wusste und spürte, dass unter diese Hülle, viel mehr steckt als nur ein Mauerblümchen."

Lena: „Deine Worte sind wie Balsam für mich. Ich liebe dich so sehr, Charly. Wenn dieser schmierige, dicke und egoistische Kollege Peter Seidel, nur ansatzweise deinen Charakter hätte, wäre die Zusammenarbeit mit ihm, etwas erträglicher."

Charly: „Vielleicht spürt er dein Wissen und hat Angst, von seiner Helferin übertrumpft zu werden. Dann hätte er ein Problem und wäre als Techniker nicht mehr wichtig."

Lena: „Hattest du auch Angst davor?"

Charly: „Meine Angst galt, deine Hülle nicht knacken zu können."

Lena: „Charly, meine Frage war ernst gemeint."

Charly: „Meine Antwort ebenfalls."

Lena kuschelt sich fester an Charly und sagt nach einiger Zeit: „Ich glaube, Silvia ist sehr eifersüchtig und noch sehr verletzt."

Charly: „Wie kommst du zu dieser Auffassung?"

Lena: „Eine Frau spürt so etwas. Sie scheint sehr verwundert zu sein, dass du mit einem Mauerblümchen wie mich zusammen bist und nicht mit ihr. Silvia ist immerhin eine Göttin einer Frau. Sie hat Stil, ihr Aussehen ist atemberaubend, sehr sexy, erotisch und übertrifft sogar die pure Schönheit, die eine Frau überhaupt haben kann. "

Charly beginnt zu Lachen und sagt: „Hast du dich in Silvia verliebt? Das war eine Liebeserklärung, wie aus dem Bilderbuch."

Lena lächelt ebenfalls und sagt: „Wenn ich dich nicht kennen würde, wäre sie absolut meine Traumfrau."

Charly: „Ich hoffe sehr, dich nicht zu verlieren. Wobei ich dir nicht vorenthalten möchte, dass sie schon einmal mit einer Frau sexuellen Kontakt hatte."

Lena: „Echt? Ist Silvia ebenfalls Bisexuell?"

Charly: „Ob sie generell beide Geschlechter liebt, weiß ich nicht. Doch hatte sie während eines Dreiers, auch sexuelle Erlebnisse mit einer Frau."

Lena: „Ich nehme mal an, dass du der glückliche Mann warst?"

Charly: „Nein. Mein ehemaliger Chef und meine Ex-Frau, hatten das Vergnügen mit Silvia."

Lena: „Oh, das tut mir sehr leid."

Charly: „Schon gut. Es ist Vergangenheit."

Lena: „Hättest du mit deinem Ex-Chef getauscht, wenn es so gekommen wäre? Wäre ein Dreier für dich akzeptabel gewesen?"

Charly: „Ich denke schon. Welcher Mann, würde zwei Frauen zur selben Zeit, ablehnen?"

Lena: „Jetzt wird es spannend. Das heißt, du würdest nicht abgeneigt sein, mich mit einer weiteren Frau zu teilen?"

Charly: „Deine Frage bezog sich auf einen Dreier. Ein Mann mit zwei Frauen. Wobei, beide Frauen den Mann verführen, oder? Ich möchte dich niemals teilen."

Lena: „Und wenn dabei, beide Frauen in Anwesenheit des Mannes, sich gegenseitig lieben und verführen, natürlich in Einbindung des Mannes?"

Charly: „Das klingt nach einer Fangfrage, die negativ für mich ausgehen kann."

Lena: „Nein. Eine einfache und ehrliche Antwort, auf meine Frage ist keine Fangfrage, Charly. Nur als Beispiel. Du, Silvia und ich, hätten gemeinsam sexuellen Spaß. Was wäre, wenn ich in deiner Anwesenheit, mit Silvia Sex hätte. Würdest du, bei diesem Anblick, eifersüchtig sein? Wäre es für dich ein Teilen, oder eher ein gemeinsames Vergnügen?

Charly: „Ich würde es eher als, gemeinsames Vergnügen bezeichnen, weil ich weiß, dass du bisexuell bist. Deinetwegen, würde ich es zulassen und dir es gönnen. Jedoch, wäre ein weiterer Mann, ein klares nein."

Lena: „Aha, also meinetwegen. Das heißt, meinetwegen, würdest du mich mit einer Frau, während einem Dreier teilen."

Charly: „Die Betonung liegt auf, deinetwegen. Ja, hierbei würde ich dich teilen."

Lena: „Danke für deine Ehrlichkeit: Ich kann dich beruhigen. Mit zwei Männern, würde ich sowieso niemals, Sex haben wollen."

Charly: „Wie sehr, ist dein Bedürfnis danach?"

Lena: „Eigentlich, überhaupt nicht. Ich wollte deine Meinung hören."

Charly: „Deine Liebe zu Silvia, kannst du aber nicht abstreiten."

Lena: „Es ist eher ein Schwärmen wegen ihres Aussehens, keine Liebe. Meine Liebe gehört nur dir, die ich jetzt sehr gerne mit dir, ausleben möchte."

Eine weitere heiße Liebesnacht beginnt und wird ausgelebt.

Nach diesem sexuellen Vergnügen fragt Charly: „Hast du es dir, bezüglich figurbetonter Arbeitskleidung überlegt?"

Lena: „Ja, aber ich bin mir unsicher, obwohl ich glaube, es mir zuzutrauen. Aber, da ich mich nicht traue, in ein Geschäft zu gehen, um eine passende Hose zu probieren, ist es erledigt."

Charly: „Du gehst auch täglich zur Arbeit. Wo ist der Unterschied?"

Lena: „Die Firma ist mir vertraut und in einem Geschäft, dreht sich alles um mich. Ich müsste mich vor einer anderen Person umziehen."

Charly lächelt: „Dafür gibt es Garderoben, meine Süße."

Lena lächelt ebenfalls: „Schon, aber präsentieren müsste ich es, einer fremden Person."

Charly lacht: „Du bist so süß. Sieh mal in der untersten Schublade nach, bitte. Die gelbe Tüte gehört dir."

Lena schaut nach und hat eine Arbeitshose in der Hand.
Charly sagt lächelnd: „Sie hat deine Größe, sie passt dir mit Sicherheit. Probiere sie doch."

Lena: „Nackt?"

Charly: „Klar doch. Ist ja nur zur Anprobe."

Lena schlüpft in die neue Arbeitshose und schaut skeptisch. Charly sagt: „Sie passt perfekt. Dein süßer Po ist knackig erkennbar und der Stretch-Stoff tut sein Übriges dazu. Sexy, wirklich sehr passend für dich. Wie gefällt es dir?"

Lena: „Sehr figurbetont. Gefällt mir wirklich sehr gut. Glaubst du, dass ich so zur Arbeit gehen kann?"

Charly: „Natürlich, Lena. Diese Arbeitshose ist aus der Firma. Du wirst nicht auffallen, da deine Kolleginnen, die gleiche Hose tragen. Na gut, auffallen wirst du schon, denn so einen süßen, zierlichen und knackigen Po, hat sonst niemand. Du siehst wirklich bezaubernd aus. Sei mutig, meine Liebste. Denk daran, du bist nicht nackt, sondern nur figurbetont gekleidet."

Lena freut sich sehr und zieht die Hose wieder aus. Dann hüpft sie zu Charly ins Bett und küsst ihn sehr liebevoll.

Charly: „Lena, eine Sache ist mir noch sehr wichtig. Lass dir niemals mehr einreden, was nicht der Wahrheit entspricht. Ich habe es dir schon sehr oft gesagt, und das werde ich noch unzählige Male erwähnen. Du bist eine einzigartige und traumhaft schöne Frau. Und, mache niemals etwas, was andere von dir verlangen. Egal was du tust, tu es für dich und weil du es tun willst. Denk bitte immer an meine Worte, okay? Du bist einzigartig und ein ganz besonderer Mensch."

Lena: „Wie habe ich dich nur verdient. Dankeschön, mein Liebster. Was du, in nur wenigen Tagen aus mir gemacht hast, ist einzigartig, Charly. Durch dich, fühle ich mich stark und sicher. Mittlerweile spüre und erlebe ich wieder, die sexuelle Lust und Befriedigung. Du hattest recht mit deiner Vermutung. Bekämpfen wir die Ursache mit dem selbigen. Natürlich bin ich noch nicht am Ziel, aber das bisherige, ist unbeschreiblich schön. Mir fehlen noch die Selbstsicherheit und der Mut, damit ich mich in der Öffentlichkeit ohne Hülle zeigen kann."

Charly: „Auch das wirst du erreichen. Glaub an dich, Süße. Ob du sexuell schon am Ziel bist, kannst nur du entscheiden. Lass alles auf dich zukommen und sei mutig für alles, was deine Fantasie wünscht."

Lena sagt lächelnd: „Und jetzt werden wir eine weitere Therapiestunde einlegen, natürlich nur, um mein Selbstwertgefühl zu stärken."

Charly lacht: „Natürlich, nur aus diesem Grund."

Gestärkt durch Charlys Liebe, mit figurbetonter Arbeitskleidung, startet sie in den nächsten Tag.

Freundlich aber distanziert, begegnet sie ihrem Kollegen Peter. Lena macht ihre Arbeit stets gewissenhaft und korrekt, aber Peter behandelt sie, wie das Letzte und ohne jeglichen Respekt. Er brüllt ohne jeglichen Grund herum und betatscht sie auch am Hinterteil.

Lena schlägt seine Hand von ihrem Körper weg und stellt sich mutig zur Wehr, doch bevor sie etwas sagen kann, steht Silvia bei ihnen: „In welchem respektlosen Ton, reden sie mit Lena?"

Peter: „Welche Tussi möchte das wissen?"

Silvia antwortet selbstbewusst: „Eine Mitarbeiterin, die diese abwertenden Sprüche, nicht akzeptiert."

Peter lacht: „Komm Tussi, geh Kaffee kochen."

Mit verschränkten Händen sagt Silvia: „Anscheinend ist ihnen nicht bewusst, mit wem sie reden, also nennen sie mich, nie wieder Tussi. Wodurch nehmen sie sich das Recht heraus, Lena so zu behandeln?"

Peter: „Ich bin der Chef-Techniker und ich bestimme, wie es hier läuft."

Silvia: „Respektlos und ohne Manieren? So nicht, Herr Seidel. Ich habe das Glück, in einer höheren Position zu sein als sie. Somit kommt Lena mit mir und sie arbeiten alleine weiter. Gibt es Einwände?"

Peter: „Wenn du das beim Geschäftsführer verantworten kannst, nur zu."

Silvia: „Das kann ich. Lena, kommst du bitte?"

Silvia geht mit Lena in den Bürotrakt und bittet Lena, in ihrem Büro, Platz zu nehmen. Sie serviert ihr einen Kaffee und sagt: „Gönne dir eine Pause, Lena. So eine Ungerechtigkeit und Respektlosigkeit, kann und möchte ich nicht dulden. Ich werde dir zur Seite stehen."

Lena: „Vielen lieben Dank, Silvia. Warum tust du das für mich?"

Silvia: „Aus Respekt zu dir und weil ich dich trotz meiner Gemeinheit, liebgewonnen habe. Wir Frauen sollten doch zusammenhalten. Genieß deine Pause, Lena."

Silvia redet mit Gruber und berichtet über den neuen Techniker. Daraufhin, lässt er den Techniker sofort in sein Büro zitieren.

Gruber sagt zum Techniker: „In unserem Betrieb, pflegen wir miteinander einen respektvollen Umgang. Es ist ihr erster Tag und Lena arbeitet bereits 10 Jahre für mich. Glauben sie nicht, dass Lena, Respekt und Anstand verdient hätte?"

Peter Seidel: „Ich musste ihr, klare Grenzen zeigen. Bei mir kann sie sich nicht hochschlafen, wie bei meinem Vorgänger."

Gruber: „Für klare Grenzen, bin ich auch, wenn diese begründet sind. Zeigte sie es ihnen an, dass sie sich durch Sex, einen Vorteil verschaffen wollte?"

Peter grinst überheblich und sagt: „Sind nicht alle Frauen so, Herr Gruber?"

Gruber fragt nach: „Hat sie es ihnen gesagt, oder angedeutet?"

Peter: „Indirekt, ja. Wir beide kennen es doch, wie Frauen ihre Waffen bei uns einsetzten möchten. Nur bei mir hat sie keine Chance, nicht so wie bei meinem Vorgänger."

Gruber: „Nannten sie meine Assistentin, Tussi?"

Der Techniker wird nervös: „Ich kenne ihre Assistentin nicht. Ach, war diese Person ihre

Assistentin? Da hat sie wohl etwas falsch verstanden."

Gruber: „Ich bitte um eine klare Antwort. Nannten sie meine Assistentin, Tussi?"

Peter der immer nervöser wird: „Ich wusste nicht, dass sie ihre Assistentin ist."

Gruber: „Gut, also ja. Lena verdient den vollsten Respekt und meine Assistentin hat ihr Studium mit Auszeichnung absolviert. Ihr eleganter und gepflegter Stil, macht sie zu keiner Tussi, Herr Seidel."

Peter: „Nein, natürlich werde ich das nie wieder sagen. Sie können sich auf mich verlassen."

Gruber: „Haben sie keinen Respekt vor Frauen?"

Peter: „Doch, natürlich. Aber, unter uns. Die Lena ist doch keine Frau, sie ist ein Mauerblümchen. Ihre Assistentin dagegen, mein vollster Respekt, Herr Gruber."

Gruber ruft Silvia in sein Büro und sagt dann zu ihr: „Silvia, ich bitte um die sofortige Beendigung des Dienstverhältnisses für Herrn Seidel und ich bitte, Lena zu mir."

Peter versucht sich zu rechtfertigen, aber Gruber sagt: „Meine Assistentin wartet nicht gerne."

Lena betritt das Büro und Peter folgt Silvia.
Gruber sagt in seinen gewohnten kurzen Ansagen: „Ich bitte dies zu entschuldigen. Ich erwarte sie morgen Früh, gemeinsam mit Charly. Seine Beurlaubung samt Kündigung ist revidiert."

Lena: „Vielen Dank, jedoch glaube ich nicht, dass Charly zurückkommen möchte?"

Gruber sagt lächelnd: „Ihretwegen bestimmt, Lena. Vielen Dank."

Lena geht erleichtert aus dem Büro.

Überglücklich fährt Lena nach der Arbeit zu Charly heim. Sie umarmt ihn voller Freude und sagt: „Charly, komm, ich muss dir etwas erzählen. Setzen wir uns auf die Terrasse. Soll ich uns einen Drink holen?"

Nachdem Lena Getränke serviert hat, setzt sie sich neben Charly und berichtet über die neue Entwicklung in der Firma. Sehr Aufmerksam folgt Charly ihren Erzählungen. Regelrecht überschwänglich schwärmt sie über Silvias Handeln. Sie fühlt sich stolz, dass gerade Silvia, ihr so toll beigestanden ist.

Zum Abschluss sagt sie: „Und das Beste ist: Gruber erwartet uns beide zusammen, morgen in der Firma. Deine Kündigung ist erledigt."

Charlys Reaktion: „Aber, für mich nicht."

Lena: „Warum nicht? Möchtest du nicht mehr, mit mir zusammenarbeiten?"

Charly: „Doch, aber nicht in dieser Firma."

Lena: „Ist es wegen Gruber oder Silvia?"

Charly: „Beide. Was bildet sich der Gruber eigentlich ein? Er kündigt mich wegen etwas, was ich nicht getan habe und lässt mir dann ausrichten, ich soll wieder kommen. Ich bin nicht sein Hampelmann. Und was Silvia betrifft, ihr habe ich das ganze Gerede zum verdanken. Dass sie dir bei diesem Seidel geholfen hat, war ja das Mindeste, was sie tun konnte. Im Grunde genommen, konnte sie ihre Position ausnutzen und als Retterin bejubelt werden. Der Gruber macht anscheinend alles, was Silvia verlangt. Wenn sie sagt, Charly muss weg, Gruber erledigt das. Nun muss der neue Techniker verschwinden, Gruber gehorcht und schmeißt ihn raus. Ein höriger Geschäftsführer der seiner Sekretärin oder Assistentin verfallen ist."

Lena: „Ich bin Silvia, für diese Aktion sehr dankbar. Sie unterstützte mich."

Charly: „Das ist auch großartig. Silvia ist auch ein liebevoller Mensch, aber sie zeigte mir, ihre zweite Seite, die ich nicht kannte. Sie war es, die mich aus der Firma haben wollte. Beine breit machen für Gruber, schon gehorcht er und erledigt ihre Wünsche."

Lena: „Ich verstehe deine Enttäuschung. Unter welchen Umständen wärst du bereit, wieder mein Chef-Techniker zu sein?"

Charly hat seinen Blick auf den Boden gerichtet und sagt: „Ich möchte viel lieber der Mann sein, der dich lieben darf und kann. Beruflich, werde ich niemals ein Hampelmann bei Valentina Mannequin sein. Die ganze Firma hatte sich gegen mich verschworen, aufgrund falscher Behauptungen. Mich zieht es in die Autobranche zurück. In den Tagen daheim, hatte ich viel Zeit zum Nachdenken. Mir fehlen die Autos. Ich bin ein Schrauber und in meinem Blut fließt Benzin."

Lena legt ihren Kopf an Charlys Schulter und sagt: „Deine Entscheidung dürfte fix sein. Dich zu bitten, meinetwegen in die Firma zurückzukommen, wäre meinerseits falsch, unfair, sinnlos und sogar egoistisch. Und trotzdem macht es mich sehr traurig."

Am nächsten Morgen kommt Lena alleine in die Firma. Auf dem Schreibtisch in der Werkstatt findet sie eine Nachricht vom Geschäftsführer. Er bittet Lena und Charly in sein Büro. Dieser Bitte muss Lena nun alleine nachgehen.

Grubers erste Frage: „Wo ist Charly?"

Lena antwortet: „Charly kommt nicht mehr zurück. Er sei kein Hampelmann."

Gruber: „Dies muss ich wohl zur Kenntnis nehmen. Gut, Lena. Ich werde einen Ersatz finden. Sie müssen die Arbeit nicht alleine machen."

Als Lena aus dem Büro geht, spricht Silvia sie an: „Kommt Charly meinetwegen nicht mehr zurück?"

Lena war irritiert und Silvia sagt leise: „Ich hörte euer Gespräch über die Telefonanlage. Bitte schweige darüber."

Lena schmunzelt und sagt: „Von mir erfährt es niemand. Ja, Charly kommt auch deinetwegen nicht mehr zurück aber auch wegen Gruber und der Belegschaft die sich gegen ihn gestellt hatte."

Silvia: „Es tut mir sehr leid, was ich getan habe."

Lena: „Schon gut. Danke, für deinen gestrigen Einsatz."

Silvia: „Wäre es unverschämt, wenn ich um ein gemeinsames Gespräch mit dir und Charly bitten würde?"

Lena: „Meinerseits nicht. Für Charly kann ich nicht entscheiden."

Silvia: „Ich bitte dich von ganzem Herzen, Lena. Lasst es mich wissen, wann und wo, ich mit euch beiden reden darf."

Diese Bitte von Silvia, verfolgt sie den ganzen Tag, bis sie endlich nach Hause zu Charly fahren kann.

Lena spricht Charly darauf an. Trotz Ablehnung, sagt er schließlich doch zu. Lena sendet Silvia die Nachricht, sie möge zu ihnen kommen.

Das Wiedersehen war, seitens Charly kühl und distanziert.
Silvia sagt: „Ich verstehe deine Reaktion und es tut mir unendlich leid. Ich war krankhaft eifersüchtig und handelte ohne Nachzudenken. Durch die Kolleginnen wurde ich beflügelt und bestärkt, bis ich immer weiter in dieses Loch fiel. Ich fand kein Zurück. Mein Weg war eine Einbahnstraße. Ich wurde von meiner Wut und

Enttäuschung getrieben und versuchte alles, um dich dafür zu bestrafen. Gruber auf meine Seite zu bringen, war ein Kinderspiel. Ich brauchte nicht viel zu tun."

Charly fragt nach: „Du gabst deinen Körper für Sex her, nur um dich bei mir zu rächen? Das ist doch schäbig."

Silvia: „Ja, das ist und bleibt schäbig. Meine Wut beherrschte mein Handeln. Meinen Körper für Sex einzusetzen, schien mir richtig. Mir war alles egal. Im Vordergrund stand, dich zu bestrafen, samt deiner Lena. Ich bitte euch von ganzem Herzen, versucht es wenigstens, mir zu verzeihen. Es tut mir unendlich leid."

Da Charly schweigt, sagt Lena: „Ich kann dir verzeihen. Eines würde mich interessieren, liebst du Gruber?"

Silvia steht auf und umarmt Lena: „Ich danke dir vielmals. Es tut mir so schrecklich leid."

Nach einer gefühlten Ewigkeit des Umarmens, setzt sich Silvia und sagt: „Zu deiner Frage, ob ich Gruber liebe. Ich finde ihn nicht abstoßend. Er ist ein gutaussehender und attraktiver Mann. Ich würde, eher, ja sagen. Charly? Du schweigst weiterhin?"

Charly: „Ich frage mich, nach dem Warum? Warum gefällt es dir, mich immer wieder zu belügen und zu verletzen?"

Silvia: „Ja, ich habe dir damals nicht die Wahrheit gesagt, beziehungsweise nicht alles sagen wollen. Doch, ich war im Liebesrausch, hatte einen wunderschönen Orgasmus, als du mich fragtest, ob ich mit Boris, Sex hatte. Der Zeitpunkt deiner Frage, war absolut im falschen Moment. Bitte verzeih Lena, dass ich das so offen ausspreche. Charly, ich habe dich im Liebesrausch angelogen. Bevor ich es klären konnte, warst du verschwunden. Ja, ich wusste von der Affäre deiner Frau. Ich habe ihr hoch und heilig versprochen, es für mich zu behalten. Wir waren Freundinnen und ich hielt mich an mein Versprechen. Sie benutzte mich, für ihre Zwecke."

Charly: „Ich möchte gar nicht wissen, was du mir noch alles verschwiegen hast, abgesehen von deinen sogenannten Not-Lügen. Das macht man nicht mit Freunden, nach so viel Jahren."

Silvia: „Hierbei stimme ich dir voll und ganz zu. Ich war so sehr verletzt, dass mir jedes Mittel recht war, nur um dich zu bestrafen. Ich verhielt mich wie ein Teenager, unreif und völlig bescheuert. Selbstverständlich, werde ich es morgen in der Firma bereinigen, die alleinige

Schuld auf mich nehmen und alles zugeben. Erst dann werde ich kündigen. Deiner Wiederkehr soll nichts, und schon gar nicht ich, im Wege stehen. Ich war auf dem besten Weg, ein neues Leben zu beginnen. Als ich den Bürojob bei Valentina Mannequin bekam, war ich voller Energie. Doch, dann traf ich dich wieder. Ich habe es nicht gewusst, dass du in dieser Firma tätig bist. Bei mir legte sich nach deiner Abfuhr, ein Schalter um, was mich zu einer fremden Person machte. Ich konnte mich nicht wehren und fand den Absprung nicht. Jetzt, möchte ich endlich ein neues Leben beginnen, wie ich es schon vorhatte. Ohne, dass ihr mir verzeiht, kann ich diesen Weg nicht gehen. Leider kann ich es nicht rückgängig machen."

Lena, die schon längere Zeit feuchte Augen hat, sieht Charly wartend an.

Charly: „Was soll ich denn sagen? Ich brauche Zeit um es gedanklich zu sortieren."

Als er aufsteht, sagt Lena: „Bitte bleib, gehe jetzt nicht. Silvia, mit deiner Unterstützung bei Seidel, hast du mir gezeigt, wie liebevoll du sein kannst. Ich hatte das Gefühl, du wolltest mir wirklich helfen und dafür bin ich dir dankbar. Ich möchte nicht, dass ihr beide im Streit diesen Tisch verlässt. Charly?"

Er antwortet: „Gut, Silvia. Dass du es in der Firma aufklären musst, versteht sich von selbst. Kündigen brauchst du nicht, denn ich werde nicht zurück gehen. Ich werde mich wieder den Autos widmen."

Silvia: „Das kann ich verstehen. Du bist einer der besten Kfz-Techniker die es gibt. Ich werde mit Sicherheit kündigen und ein neues Leben beginnen. Es wäre sehr schön, wenn wir nicht im Streit neue Wege gehen könnten. Ich habe es wirklich kapiert, wie sehr du Lena liebst. Der optische Eindruck, sagt nichts über eine liebevolle Person aus. Sorry, Lena. Ich sah dich als Mauerblümchen, das mir meine große Liebe nahm. Jetzt sehe ich dich anders und habe dich sehr liebgewonnen. Ja, ich kann Charly verstehen, dass er sich in dich verliebt hat. Oh, Lena. Nicht weinen."

Silvia steht auf und nimmt sie in ihre Arme. Tröstend sagt sie: „Du bist die beste und liebste Frau, die Charly je bekommen konnte. Er liebt dich und ich liebe dich auch. Bleib so wie du bist, okay?"

Daraufhin gab sich Charly einen Ruck, und sagt: „Silvia, ich werde dir auch verzeihen. Mögen alle verfluchten Lügen vom Wind, verweht werden. Immerhin kennen wir uns fast das ganze Leben und dir nicht zu vergeben, wäre meinerseits sehr egoistisch. Vergeben ist die beste Art, etwas Böses hinter sich zulassen, oder so ähnlich, sagt man es doch."

Nach einer ausgiebigen Umarmung aller Anwesenden, sagt Charly zu Silvia: „Ich möchte nicht, dass du jetzt schon gehst. Jetzt wo wir uns ausgesprochen haben, sollten wir die Vergangenheit ruhen lassen."

Silvia überlegt kurz und sagt: „Wenn es für dich, Lena, okay ist? Ich möchte nicht eure kostbare Zweisamkeit rauben."

Lena antwortet: „Ich habe keine Einwände. Ganz im Gegenteil."

Charly holt Wein und Bier, damit ein gemütliches Beisammensein mit guten Gesprächen, seinen Lauf nehmen kann.

Silvia ist in Plauderstimmung. Sie erzählt von ihrer schlimmsten Zeit ihres Lebens. Die Totgeburt ihrer Tochter und wie sie durch diese tragische Zeit, ganz alleine, durchgekommen ist. Über ihre Zeit davor, erwähnte sie nichts.

Daraufhin spricht Charly sie an: „Was ist mit Boris? Seit wann arbeitest du nicht mehr für ihn?"

Silvia: „Wie ich dir bereits sagte, ich habe am selben Tag wie du gekündigt und den Kontakt zu beiden gänzlich abgebrochen."

Auch über Gruber plaudert sie und erwähnt: „So charmant und lieb er auch ist, aber seine kurzen und emotionslosen Ansagen, können teilweise schon nerven. Obwohl er es gar nicht so meint. Er lebt für diese Firma und ist penibel korrekt. Ich habe das Gefühl, er hat diesen innerlichen Druck, der Inhaberin alles recht zu machen. Alles muss perfekt sein und diese hohen Erwartungen, gibt er seinen Mitarbeitern weiter. Wenn er es schafft, abzuschalten, ist er ein sehr liebevoller und sensibler Mann."

Charly fragt: „Könntest du dir vorstellen, doch mit Gruber zusammen zu bleiben, oder reicht dafür deine Liebe zu ihm nicht aus."

Silvia: „Irgendwie schon, aber er ist verheiratet. Somit erübrigt sich diese Frage. Der Boss und die Assistentin. Das ist nicht mein Leben."

Lena sagt dazu: „Soviel ich weiß, dürfte diese Ehe nicht gut sein und mehr auf dem Papier aufrecht sein, als es tatsächlich ist."

Silvia antwortet erstaunt: „Das höre ich zum ersten Mal. Ich kann es nicht einschätzen. Egal.

In erster Linie brauchte ich ihn für meinen bescheuerten Rachefeldzug."

Charly: „Ganz egal, scheint es dir nicht zu sein. Man hört es an deiner Stimme, dass du mehr für ihn empfindest, als dir vielleicht lieb ist."

Silvia: „Ja, und wenn schon. Morgen beginnt mein neues Leben."

Charly: „Silvia, ich möchte dir einen Vorschlag machen. Ich spüre, du liebst diesen Job und auch Gruber. Um unseren Streit aus dem Weg zu räumen, sagst du, wir hätten uns ausgesprochen und vieles lag an unausgesprochenen Missverständnissen. Die genauen Details muss niemand außer uns wissen. Viele Gerüchte, verlaufen sowieso im Sand. Aber, sie gehören aus dem Weg geräumt. Überdenke deine Kündigung. Vielleicht ist genau das, dein neues Leben, das du liebst."

Silvia wirkt ruhig und nachdenklich. Sie zögert und Lena sagt: „Mach es für dich. Wir unterstützen dich dabei."

Silvia: „Das kann ich nicht. Ich habe Lügen verbreitet, dafür muss ich geradestehen und die Konsequenzen ziehen."

Charly: „Die Lügen betreffen uns und diese

können wir gemeinsam bereinigen. Ich spüre doch, wie wichtig dir dein Job ist und dass du Gruber liebst."

Silvia beginnt zu weinen und schämt sich. Dann sagt sie: „Warum wollt ihr mir helfen, obwohl ich alles verbockt habe?"

Charly sagt: „Warum? Ich kenne dich schon viele Jahre und weil ich deine positiven Seiten sehr schätze."

Lena fügt hinzu: „Außerdem haben wir dir verziehen und ich habe dich ebenfalls liebgewonnen."

Charly lächelt und sagt: „Lenas Worte zählen mehr, als sonst welche, glaube mir."

Nachdem Silvia sich beruhigt hat, umarmt sie aus Dankbarkeit, Lena und Charly zusammen.

Ihre Unterhaltung wird zusehends freudiger und lustiger. Im gemütlichen und mittlerweile, angeheitertem Gespräch sagt Lena: „Als wir noch kein Paar waren, schwärmte Charly von einem besonderen Liebesleben mit dir. Dies hätte er noch nie erlebt. Ich dachte mir, diese Frau muss der Hammer sein. Und ja, ich war und bin überwältigt von dir."

Silvia lacht und sagt: „Was für eine besondere Ehre, dies zu hören. Und doch, hast du liebe Lena, sein Herz erobert. Ihr seid ein traumhaftes Paar. Das meine ich wirklich so. Irgendwie habe ich das Gefühl, Lena, dass hinter deiner Mauerblümchen-Fassade, bitte verzeih meine Wortwahl, etwas ganz Besonderes steckt. Darf ich dich eventuell, einmal, modisch beraten?"

Charly lacht und Lena sagt: „Ich traue mich nicht, gestylt in die Öffentlichkeit zu gehen. Ich bin sehr schüchtern und schütze mich selbst. Aber, vielleicht nehme ich dein Angebot, irgendwann einmal, dankend an. Im vertrauten Heim mit Charly, bin ich schon mutiger geworden."

Charly fügt hinzu: „Ihre zweite Garderobe gleicht deiner, Silvia."

Lena sagt: „Nein, sag bitte nichts, es ist mir peinlich. Das traue ich mich nur in Zweisamkeit mit Charly und niemals vor anderen Menschen."

Silvia: „Charly, dann unterstütze sie dabei, dass ihre Selbstsicherheit steigt. Lena, du bist eine tolle Frau, ich spüre so etwas."

Liebevoll verabschiedet sich Silvia am späten Abend von ihren Gastgebern. Mit einer

Umarmung und einem Kuss auf den Mund, sowohl von Lena, und auch von Charly.

Einem Neustart ihrer Freundschaft, sollte nichts mehr im Weg stehen.

Lena und Charly sprechen über Silvia, während sie gemeinsam im Bett kuscheln. Lena ist sehr angetan und fasziniert von Silvia und schwärmt: „Eine sehr beeindruckende Frau. Dass du diese elegante Sexbombe geliebt hast, kann ich sehr gut nachvollziehen."

Charly: „Keine Frau, auch Silvia nicht, kann dir das Wasser reichen, wie man so schön sagt. Kann es sein, dass deine Bisexualität zum Vorschein kommt und du sie vernaschen möchtest?"

Lena schmunzelt: „Vielleicht?"

Charly: „Ich könnte es dir nicht einmal verübeln. Immerhin hast du mir schon zu Beginn anvertraut, dass du Bisexuell bist und Silvia erweckt bei beiden Geschlechtern eine sexuelle Fantasie."

Lena: „Ich möchte Silvia aber nicht auf das Sexuelle beschränken. Es ist vielmehr ihre ganze Art, wie elegant sie sich bewegt und wie ihr Gespür für andere Menschen ist. Nur, ihre Liebe zu Gruber macht mir Sorgen. Gruber könnte ihr Vater sein. Wie alt ist Silvia eigentlich?"

Charly: „36 Jahre, wie ich."

Lena: „Sie ist gerade einmal 6 Jahre älter als ich und sieht fantastisch aus."

Charly: „Der Altersunterschied ist doch zweitrangig, wenn sie sich ernsthaft lieben."

Lena: „Hättest du Gruber so eingeschätzt, dass er vor der Inhaberin, Ängste hätte?"

Charly: „Nein, aber es wäre nachvollziehbar. Wenn ich nur Geschäftsführer wäre, würde es mir vielleicht genauso gehen. Dem Inhaber muss man permanent beweisen, dass man gut und richtig entscheidet. Was hier noch dazukommt, er sitzt alleine im Büro und er muss sich per Mail vor ihr rechtfertigen oder sie gar um eine Entscheidung anflehen. Hat Gruber, eigentlich die alleinige Entscheidungsmacht?"

Lena: „Keine Ahnung. Jedoch habe ich es von dieser Seite noch nie betrachtet. Klar, Silvia als Assistentin, bekommt es hautnah mit. Was empfindest du, bei Silvia und Gruber?"

Charly: „Wenn es passt und Silvia die einzige Frau sein könnte bei Gruber, würde ich mich für Silvia sehr freuen."

Lena: „Ich finde es großartig, dass du ihr verziehen hast und ihr den sinnlosen Streit begraben habt. Die Aussprache war enorm wichtig. Wenn du hier, jetzt noch lange streichelst, kann ich nicht mehr klar denken und reden."

Da Charly nicht aufhört, lässt sich Lena, zu den sinnlichen und erotischen Gefühlen entführen.

Charly flüstert: „Ich bin zwar ein Nylonstrümpfe-Liebhaber, aber deine zarte Haut deiner Beine, machen mich sehr an. Ich komm einfach nicht von ihnen los. Diese atemberaubende Haut, überzieht deinen gesamten wunderschönen und perfekten Körper. Dein Intimbereich, der so gepflegt ist, ruft nach mir, hörst du es?"

Lena stöhnt: „Oh, ja. Sehr sogar."

Beide genießen diese körperliche Verschmelzung, die über lange Zeit, sie sexuell erregt und auch befriedigt. Mit ihren Scheuklappenblicken fokussieren sie sich in eine Art, Liebes-Trance, bis Lena ein pulsierendes Gefühl spürt. Dann dreht sich ihr Kopf schwindelig und ihr ganzer Körper beginnt unkontrolliert zu zittern. Sie erlebt ihren weiteren Orgasmus wie ein Erdbeben. Dabei hat auch Charly seine Ejakulation.

Anschließend lässt sie sich auf Charly fallen und ist der Ohnmacht nahe. Sie ist völlig erschöpft vor sexueller Befriedigung. Das hatte sie noch nie erlebt.

Am nächsten Tag in der Firma, erscheint Lena überglücklich und strahlend. Aber ihre Beine fühlen sich müde an, als hätte sie einen Muskelkater.

Nach dem morgendlichen Kaffee in der Werkstatt, geht sie mit ihrem Werkzeugwagen in die Produktion um eine Kontrollrunde zu machen. Dabei kommt Silvia zu ihr und begrüßt sie mit einem Kuss auf den Mund und sagt: „Hallo Süße. Wenn du Zeit hast, sollst du bitte zum Geschäftsführer kommen."

Lena: „Warum?"

Silvia: „Den Grund, weiß ich leider nicht."

Lena: „Gut, aber ich muss noch den Werkzeugwagen in die Werkstatt bringen."

Silvia: „Kein Problem, ich komme mit."

Nachdem sie die Produktionshalle verlassen haben, fragt Silvia: „Ist es für dich in Ordnung, dass ich dich zur Begrüßung auf den Mund küsse? Oder, war das gestern eine einmalige Emotionssache?"

Lena: „Mir gefällt es, es war gestern keine einmalige Begrüßung. Jetzt haben die Kollegen in der Produktion etwas zum Reden."

Silvia: „Kein Problem, ich bin stolz, dich küssen zu dürfen. Ich hoffe, ich hatte euch gestern nicht zu lange gestört?"

Lena: „Nein, Silvia. Es war toll mit dir. Anschließend hatten wir ja noch genug Zeit."

In der Werkstatt angekommen fragt Lena: „Haben wir noch Zeit für einen gemeinsamen Kaffee oder pressiert es schon beim Gruber?"

Silvia: „Diese Zeit nehmen wir uns einfach. Ich bin sehr nervös, da ich jetzt zu den Kolleginnen gehen werde um sie über unsere, sogenannten, Differenzen aufzuklären. Charly und auch du, dürft nicht durch meine falschen Beschuldigungen leiden. Ich werde es sofort bereinigen. Es tut mir noch immer schrecklich leid, dass ich so blöd war. Ich liebe euch beide und niemand darf euch, meinetwegen verachten."

Lena: „Alles wird gut, Silvia. Unser, beziehungsweise, euer gestriges Gespräch war sehr wichtig."

Silvia: „Es war unser Gespräch, Süße. Du gehörst zu Charly, also unser Gespräch, okay?"

Lena freut sich über Silvias liebevolles Gespräch und fragt dann: „Wie geht es dir mit Gruber?"

Silvia: „Die heutige Begrüßung war wie immer sehr liebevoll. Da ich nicht seine zweite Geige sein möchte, sollte ich es ansprechen."

Lena: „Und, wenn er seine Frau verlassen würde?"

Silvia: „Ja, wenn, was ich nicht glaube, dann könnte ich mir mehr vorstellen. Gut, meine Liebe. Ich werde zu den Damen gehen. Doch zuvor begleite ich dich zum Gruber."

Unterwegs sagt Lena: „Ich halte dir die Daumen für die Kolleginnen."

Silvia nimmt Lenas Hand und sagt: „Das werden sie jetzt alle sehen, dass wir händchenhaltend über das Firmengelände gehen und das ist gut so."

Vor dem Büro des Geschäftsführers gibt Silvia, Lena einen Kuss auf den Mund und sagt: „Wir sehen uns später, Süße."

Gruber bittet Lena einzutreten und sagt: „Lena, leider finde ich keinen passenden Techniker und musste mich kurzfristig entscheiden. Morgen fangen zwei Techniker bei uns an, die nur als Zweier-Team arbeiten. Sie haben hervorragende Referenzen. Diesbezüglich werde ich sie, Lena, in die Verpackungsabteilung versetzen. Diese Tätigkeit können sie alleine durchführen."

Lena ist schockiert: „Aber, warum? Ich konnte, die letzten Tage, alle anfallenden Arbeiten lösen. Es lief alles Bestens. Für schwere Arbeiten bräuchte ich doch nur eine Unterstützung."

Gruber: „Ich weiß, dass sie es können, Lena. Doch, fehlt ihnen eine technische Ausbildung, die ich aber vorlegen muss, aus versicherungstechnischen Gründen und auch wegen der Garantien sämtlicher Anlagen. Die Herstellerfirmen, erlauben nur ausgebildete Personen an ihren Maschinen. Es tut mir leid, Lena. Sie werden es, ab morgen früh, in der Verpackungsabteilung, gemütlicher und leichter haben. Vielen Dank, Lena."

Enttäuscht geht sie in die Werkstatt und bei ihrem Schreibtisch, fängt sie zu weinen an.

Nach einiger Zeit, kommt Silvia gutgelaunt und ruft nach ihr: „Hallo Lena, ich habe dich über das Gelände gehen sehen und... Hey, warum weinst du?"

Lena sagt mit weinender Stimme: „Gruber hat mich in die Verpackungsabteilung versetzt. Das möchte ich aber nicht."

Silvia: „Mit welcher Begründung?"

Lena: „Mir fehlt eine technische Ausbildung um alleine arbeiten zu dürfen. Morgen kommen zwei Techniker und ich muss diese Werkstatt verlassen."

Silvia: „Ich werde mein bestmögliches Versuchen, um dir zu helfen, Lena und sofort mit Gruber reden."

Silvia geht zum Geschäftsführer und Lena hat wenig Hoffnung, dass sie ihr helfen kann.

Dennoch versucht Silvia ihr Bestes und bleibt hartnäckig: „Mark, gibt es keine andere Möglichkeit?

Gruber: „Nein, leider. Ich sagte doch bereits, Lena ist keine ausgebildete Fachkraft, ihr fehlt eine technische Ausbildung."

Silvia: „Man könnte ihr doch einen Techniker zur Seite stellen. Warum gleich versetzen und zwei andere Techniker einstellen?"

Gruber: „Dieses Team hat die besten Referenzen. Ich muss für das Unternehmen handeln und ich darf keine sentimentalen Fehler zulassen."

Silvia: „Bin ich auch ein sentimentaler Fehler für dich?"

Gruber: „Was? Nein, natürlich nicht. Was hat das mit Lena zu tun?"

Silvia steht mit verschränkten Händen vor ihm und fragt: „Was bin ich für dich? Eine willige Sekretärin für sexuelle Befriedigungen?"

Gruber: „Assistentin, soviel Zeit muss sein, mein Schatz. Ich könnte dich dasselbe fragen. Was bin ich für dich? Ein Boss, den man sexuell um den Finger wickeln kann?"

Silvia: „Ein Boss der mich als zweite Geige hält, würde besser passen."

Gruber: „Siehst du dich wirklich als zweite Geige?"

Silvia: „Klar, immerhin bist du verheiratet und fährst täglich heim."

Gruber: „Ja, ich bin verheiratet, lebe getrennt und fahre täglich in meine Wohnung, in der ich alleine lebe."

Silvia: „Echt jetzt? Und warum weiß ich das nicht?"

Gruber: „Du hast mich nie danach gefragt."

Silvia ist es total peinlich und umarmt ihren Boss und Liebhaber. Dabei fragt sie: „Wolltest du es mir nicht anvertrauen?"

Gruber: „Wenn du gefragt hättest, schon."

Silvia: „Ist das so wichtig, ob ich gefragt hätte? Was ist mit unseren intimen Stunden? Nur im Büro? Keine Sehnsucht nach mir, in deiner Freizeit?"

Gruber: „Doch. Sehr sogar."

Silvia: „Und?"

Gruber: „Du hast nie erwähnt oder mir ein Anzeichen gegeben, mich auch privat sehen zu wollen. Deine sexuellen Tätigkeiten beschränkten sich im beruflichen Umfeld."

Silvia: „Langsam. Das muss ich jetzt sortieren. Du glaubst also, ich habe aus beruflichen Interessen mit dir geschlafen?"

Gruber: „Nicht? Eine junge sehr attraktive und bildhübsche Assistentin verführt ihren älteren Boss, obwohl ihr Fokus, auf einen jungen gutaussehenden Techniker liegt. Alles drehte sich um Charly. Deinetwegen habe ich ihn gekündigt. Ich spürte doch, wie sehr du ihn liebst. Ich sehe das, sehr wohl, als berufliches Interesse an mir. Ich sagte nichts und genoss diese traumhaften Stunden mit dir."

Silvia: „Es macht mich sehr traurig, dass du mich so einschätzt."

Gruber: „Sei ehrlich zu dir selbst. War es nicht so? Was läuft zwischen dir und Charly? Und, wenn wir schon dabei sind, warum küsst du händchenhaltend Lena?"

Silvia: „Hast du mich beobachtet?"

Gruber: „Ein guter Geschäftsführer sieht alles, genauso wie eine gute Assistentin die Gespräche über die Telefonanlage belauscht."

Silvia: „Jetzt fährst du mich offenbar an die Wand. Die Frage ist nun, ob du die Antworten von mir hören möchtest, oder du dir diese schon zurechtgelegt hast? Wie soll sich jetzt, die schuldige Sekretärin, die ihren Boss sexuell verführte, verhalten?"

Gruber: „Eine schuldige Sekretärin würde jetzt flüchten. Eine intelligente Assistentin würde es erklären."

Silvia blickt ihm längere Zeit schweigend in die Augen und fragt dann: „Welche der beiden Personen, siehst du in mir?"

Gruber: „Keine. Ich sehe dich als eine sehr hochbegabte, sehr intelligente, sehr liebevolle und eine traumhaft schöne Frau."

Silvia setzt sich auf den Schreibtisch, überkreuzt ihre Beine, verschränkt ihre Hände und sagt: „Ja, du hast mich durchschaut. An meinem ersten Arbeitstag, sah ich zum ersten Mal meinen Chef. Seine Persönlichkeit fesselte mich gleichermaßen wie sein Auftreten. Er löste in mir, den sogenannten, Wow-Effekt aus. Dann traf ich überraschend meinen Ex-Freund. Er wiederum, riss alte Wunden auf. Meine Eifersucht wandelte sich in Wut und Zorn um. Meine liebevolle Seite wehrte sich dagegen und zehrte mich zum Chef. Meine dunkle Seite hingegen, entwickelte Rachegefühle und vernebelte meinen Verstand. Ich vereinte meine zwei Seiten und bekam Beides. Ich verführte meinen Boss und konnte mich an meinem Ex-Freund rächen. Nachdem meine dunkle Seite ihr Ziel erreicht hatte, würde ich die andere Seite nicht mehr benötigen. Die Sekretärin hat durch Sex ihren Rachefeldzug gewonnen, dachte ich jedenfalls. Durch die wunderschönen Stunden mit dem Chef, kam vermehrt das Gefühl der Liebe hinzu. Dies löste die Rache in Versöhnung um. Ich suchte das

Gespräch mit meinem Ex-Freund und seiner Geliebten. Ich flehte um Vergebung für meine sinnlosen und bescheuerten Rache-Aktionen. Sie verziehen mir Beide, dank der Liebe in mir, die mein Chef in mir ausgelöst hat. Dadurch, fühle ich mich befreit und kann die Liebe wieder in mir spüren. Charly und Lena liebe ich freundschaftlich und meinem Chef, bin ich aus tiefster Liebe, verfallen. Doch, weiß ich nicht, ob mein Chef die gleiche Liebe empfindet, die das sexuelle Vergnügen auch außerhalb des Büros wünscht."

Der Geschäftsführer umarmt seine Assistentin, sehr liebevoll und sagt: „Wir dachten beide zu viel, und redeten zu wenig."

Zur selben Zeit, räumt Lena ihre persönlichen Gegenstände in der Werkstatt aus. Es macht sie sehr traurig. Die Versetzung versteht sie als Niederlage. Nur mühsam und ohne Motivation, bringt sie diesen Arbeitstag zu Ende.

Daheim bei Charly weint sie bitterlich, während sie es ihm erzählt. Tröstend umarmt er seine Liebste.

Nach einiger Zeit sagt Charly: „Ich glaube nicht, dass Gruber dich damit bestrafen möchte. Er nannte dir den Grund, der nachvollziehbar ist. Vielleicht ist es in der Verpackungsabteilung sowieso besser. Schau es dir morgen einmal an. Komm, Süße, lass deinen wunderschönen Kopf nicht hängen. Nimm es als eine neue Herausforderung an. Soweit ich es bisher gesehen habe, geht es bei den Verpackungsdamen, meistens recht lustig zu. In dieser Abteilung arbeiten vernünftige Kolleginnen."

Lena: „Mag sein, dass du recht hast. Aber, mich interessiert die Technik. Hierbei gibt es täglich neue Aufgaben und das in der gesamten Firma. In der Verpackung, mache ich jeden Tag das Gleiche und bin eingesperrt."

Charly: „Ich verstehe dich sehr gut. Schaue es dir trotzdem morgen an und versuche, das Beste aus dieser Situation zu machen."

Nur zögerlich und beschwerlich, kommt Lena auf andere Gedanken.

Einige Zeit später sagt sie: „Du hast meinen Körper gestern so dermaßen strapaziert, dass ich eine Woche für die Erholung brauche. So wie gestern, erlebte ich noch nie einen Höhepunkt. Ich wurde beinahe ohnmächtig. Ohne Übertreibung. Von den vielen Muskelkatern möchte ich gar nicht erst anfangen."

Charly lächelt und fragt: „Wirklich, keinen Sex? Nur ein bisschen und ganz behutsam?"

Daraufhin lächelt Lena wieder und sagt: „Eventuell zur Beruhigung, falls du meinen Körper überhaupt aus dem Koma beleben kannst."

Charly: „Ich denke, dein Körper sehnt sich nach meiner Behandlung."

Endlich kann sich Lena entspannen und genießt es, von Charly am Kopf, an den Händen, bei den Schultern und am Hals gestreichelt zu werden.

Zur selben Zeit, ist Silvia noch in der Firma.

Nach ihrer Aussprache hatten sie im Büro, einen wunderschönen und befriedigenden Sex auf dem Schreibtisch.
Nun widmen sie sich den alltäglichen Aufgaben im Unternehmen.

Silvia gibt nicht auf: „Trotzdem brauchen wir eine sinnvolle Lösung für Lena. Sie leidet unter der Versetzung. Es muss doch noch eine Möglichkeit geben, im Sinne der Firma aber auch für Lena."

Gruber: „Gut. Warten wir ab, wie die neuen Techniker sind. Aber, genauso warten wir ab, ob es Lena eventuell doch gefällt. Ich werde heute darüber schlafen und auch, diesbezüglich nachdenken, welche Möglichkeiten es noch geben würde."

Silvia: „Somit ist deine Nacht, bereits verplant?"

Gruber: „Meinst du, gemeinsam würden wir weitere Möglichkeiten finden?"

Silvia: „Wer weiß? Schon möglich?"

Gruber: „Also gut. Vorschlag meinerseits, wir machen für heute Schluss und ich zeige dir meine Wohnung, wäre das in deinem Interesse?

Silvia: „Mein Interesse ist geweckt."

Während Silvia das erste Mal bei ihrem offiziellen Freund ist, verwöhnt Charly seine Geliebte, auf seinem Schoß sitzend, noch immer mit Streicheleinheiten, auf der Terrasse.

Die Dämmerung zieht sich langsam über Charlys Haus und er sagt: „Wenn wir uns ins Bett legen würden, könnte ich dich von deinen Klamotten befreien und dich am ganzen Körper streicheln. Natürlich ohne sexuellen Hintergedanken. Ohne deiner Kleidung hättest du mehr vom Streicheln."

Lena: „Sehr gerne, Charly. Aber nur, wenn ich zwecks Entspannung, dein Prachtexemplar, in der Hand spüren darf."

Charly lacht: „Er wird nichts dagegen haben."

Splitternackt legen sie sich ins Bett und kuscheln unter der Decke. Charly streichelt sein Objekt der Begierde und genießt dabei, jede Stelle ihres traumhaften, schlanken und zarten Körpers. Lena hingegen, hat im wahrsten Sinne des Wortes, Charly fest im Griff und fühlt sich sehr wohl dabei.

Nach der ausführlichen Einweihung seines Schlafzimmers, sprechen Silvia und Mark über ihre Zukunft. Mark würde es sehr begrüßen, wenn Silvia bei ihm einziehen würde. Aber, es gibt auch Distanzen, die er mit ihr besprechen möchte.

Er sagt: „Ich freue mich sehr, dass du bei mir einziehen möchtest. Hiermit, machst du mich zum glücklichsten Mann. Wir dürfen aber nicht vergessen, was privat und beruflich ist. Ich werde weiterhin dein Vorgesetzter sein auch wenn wir offiziell liiert sind. Das gilt auch für deine Freunde. Sprich Lena und Charly. Ein gutes Unternehmen funktioniert nur, mit Distanz zum Personal, um objektiv und sachlich für die Firma zu handeln. Du als meine Lebensgefährtin, musst dich genauso verhalten. Natürlich darfst du weiterhin mit Lena befreundet sein, aber du musst auch verstehen und akzeptieren, für das Wohl der Firma, die richtigen Entscheidungen zu treffen. Ich versuche es dir aus meiner Sicht zu beschreiben. Durch die Firmen-Übernahme von Frau Valentina, also die Inhaberin von Valentina Mannequin, wurde ich zwangsläufig, vertraglich, mit übernommen. Sie darf und kann mich, als Geschäftsführer nicht kündigen. Außer, ich handle nicht für die Firma, wenn ich schlecht wirtschafte, gesetzeskonform handle oder ich mir etwas zu Schulden kommen lasse. Ich liebe meinen Job sehr und möchte ihr niemals einen

Anlass geben, mich zu kündigen. Jede betriebliche Entscheidung, überlege ich sehr sorgfältig, für die Firma. Jetzt kannst du meine Anspannung im Unternehmen vielleicht besser verstehen."

Silvia: „So etwa, habe ich es mir gedacht. Ich bin zwar noch nicht so lange in dieser Firma, aber ich habe mir bereits einen guten Einblick verschaffen können."

Mark: „Ich weiß, du bist keine gewöhnliche Assistentin. Du bist auch für diese Tätigkeit, überqualifiziert. Das war mir nach wenigen Tagen schon bewusst."

Silvia: „Gut, dass wir darüber offen gesprochen haben. Eines möchte ich gerne noch wissen. Wenn mich Lena und Charly zu sich einladen, müsste ich ohne deine Begleitung erscheinen?"

Mark: „Vorerst, ja. Bedenke bitte, Firmeninterne Geheimnisse bleiben im Betrieb und dringen nicht aus meinem Büro hinaus."

Silvia: „Das versteht sich von selbst, wie bisher. Dafür habe ich auch im Dienstvertrag unterschrieben. Und jetzt würde ich vorschlagen, du zeigst mir nochmals dein Bett und vor allem, was man darin alles machen kann?"

Zur selben Zeit bei Lena und Charly:

Charly streichelt vermehrt Lenas Intimbereich, wodurch Lena sehr erregt wird. Ohne, ihre Körper zu vereinen, bringen sie sich gegenseitig in einen sehr erregten Zustand. Lena stöhnt vor Lust und Charly küsst sie auch leidenschaftlich auf dem Mund. Ihre Zungenküsse werden immer intensiver.

Zwischenzeitlich, bringen sie sich in eine andere Stellung. Lena legt ihren Geliebten auf den Rücken. Ihr Kopf ist an seinem Intimbereich und ihre Beine, gespreizt über Charlys Kopf. In der sogenannten 69iger Stellung, küsst sie seinen Penis und Charly spielt sich mit seiner Zunge an ihrer Klitoris. Beide werden, wortwörtlich vernascht.

Nach längerer Zeit legen sie sich wieder nebeneinander und nur durch das gegenseitige Streicheln und Massieren, werden beide befriedigt.

Überglücklich, legt Lena ihre befleckte Hand, von Charlys Höhepunkt, an ihren Intimbereich und sagt: „Es ist so wunderschön mit dir. Ich liebe dich, wie ich noch nie einen Menschen geliebt habe."

Am nächsten Tag:

Beide Paare haben eine sexuelle und aufregende Nacht hinter sich.

Silvia und Mark gehen in das Chef-Büro und Lena tritt ihren ersten Arbeitstag in der Verpackungsabteilung an. Liebevoll wird sie bereits empfangen. Ihre Kolleginnen freuen sich, dass Lena in ihrer Abteilung ist. Nach einer kurzen Einweisung, arbeitet sie rasch alleine. Nur der Gedanke an Charly, lässt sie diese eintönige Tätigkeit ertragen. Jedoch, findet sie diese Arbeit nicht als, erniedrigend an.

Der Geschäftsführer macht sich ein Bild von den beiden Technikern, und ist vollster Zufriedenheit. Silvia, hätte es gerne für Lena, anders geregelt. Den ganzen Tag denkt sie darüber nach, welche Möglichkeit es noch geben könnte.

Am späteren Nachmittag hatte sie eine Idee, die sie aber zuerst mit Lena und Charly besprechen möchte. Daraufhin geht sie zu Lena und küsst sie auf den Mund. Die Kolleginnen staunen über diese Begrüßung der beiden Frauen.

Unbeeindruckt fragt Silvia sie leise: „Geht es dir gut?"

Lena sagt: „Ja, und wie geht es euch beiden?"

Silvia flüstert ihr ins Ohr: „Großartig, ich ziehe bei ihm ein. Wir sind offiziell ein Paar."

Lena: „Dann brauchst du doch nicht flüstern."

Silvia lacht: „Doch, Süße. Nur so kann ich dir sehr nahe sein. Warum ich gekommen bin. Hättet ihr heute Zeit für mich? Ich würde gerne etwas mit euch besprechen."

Lena flüstert ebenfalls: „Für dich haben wir immer Zeit. Sehr gerne, Silvia."

Nachdem Silvia wieder mit einem Kuss auf den Mund geht, fragt eine Kollegin: „Bist du mit der Assistentin vom Geschäftsführer, lesbisch liiert?"

Lena schmunzelt und sagt: „Nein. Wir lieben uns freundschaftlich."

Kollegin: „Oh, okay. Das heißt, sie ist weiterhin die Sex-Gespielin vom Boss?"

Lena: „Nein. Sie ist die Lebensgefährtin von ihm."

Im Großen und Ganzen, kann sie sich mit der neuen Aufgabe anfreunden. Auch, wenn sie wehmütig die neuen Techniker bewundert.

Mit großer Sehnsucht fährt sie nach Arbeitsende, zu ihrem geliebten Charly.

Lena wird bereits von ihrem Geliebten erwartet. Nach der feurigen Begrüßung fragt er: „Wie war dein erster Tag in der Verpackungsabteilung?"

Lena: „Kein Traumjob aber es ist okay. Silvia kommt heute zu Besuch. Sie hätte etwas zu besprechen mit uns, sagte sie mir."

Charly: „Wollen wir uns bis dahin im Bett amüsieren?"

Lena: „Charly, wir bekommen Besuch. Ich möchte nicht von ihr überrascht werden. Anschließend, liebend gerne. Ich sehne mich nach deinem Körper und sehe dich schon, wie du mich verführst."

Charly: „Sprich weiter, und ich bespringe dich auf der Stelle."

Lena lacht: „Schon gut, Charly. Glaube mir, ich bin süchtig nach dir und ich kann es kaum erwarten, wie du mich bespringst."

Silvia kommt früher als erwartet. Gut, dass sie ihre Liebessucht zurückgehalten haben. Liebevoll küsst Silvia, Lena und dann Charly auf den Mund. Sie setzen sich in das Wohnzimmer auf die Couch und Charly serviert Getränke.

Gespannt fragt Lena: „Wie lief es zwischen dir und Gruber?"

Silvia erzählt: „Anfangs hatten wir ein offenes und ehrliches Gespräch. Dabei wurde es auch einmal lauter. Er bekommt auch alles mit, was in der Firma so läuft. Dass ich über die Telefonanlage teilweise mithöre, wusste er. Er ist ohne Zweifel ein sehr guter Geschäftsführer und lebt für diese Firma. Die Inhaberin, Valentina, hat ihn damals bei der Firmen-Übernahme, vertraglich mit übernehmen müssen. Seitdem ist er sehr achtsam. Sie kann ihn kündigen, unter gewissen Umständen. Jetzt schweife ich schon vom Wesentlichen ab. Von seiner Frau lebt er getrennt in einer eigenen Wohnung. Wie auch immer, als er abschließend wegen diverser Missverständnisse sagte, wir denken zu viel, aber reden zu wenig, war es für mich entschieden. Ja, wir lieben uns und ich ziehe bei ihm ein."

Charly: „Und deine Bedenken, die vorhanden waren?"

Silvia: „Der Altersunterschied ist für mich okay. Er weiß wie man eine Frau zum Glühen bringt und wie sie zu einem pulsierenden Höhepunkt kommt. Nicht dass du es nicht konntest, Charly, ganz im Gegenteil, aber ich glaube, Lena weiß von was ich rede. Bei einigen Männern passiert nicht viel. Dass er auch mein Boss ist, wird sicher nicht immer leicht sein. Ich denke, meine Liebe ist groß genug."

Charly: „Du denkst? Das ist aber nicht die richtige Ausgangslage."

Silvia: „Ich spüre, es ist richtig. Aber es gibt auch einen Alltag, den ich bisher nicht mit ihm hatte. Deswegen meine zögernde Euphorie. Das Fundament der Liebe passt. Wie geht es dir, Lena? Wie war dein erster Tag heute?"

Lena: „Es ging ganz gut. Kein Traumjob aber annehmbar."

Silvia: „Mir wäre etwas eingefallen, wie du wieder als Technikerin, trotz fehlender Ausbildung, arbeiten könntest. Charly, wenn du wieder zurückkommen würdest, wäre ein Fachmann an Lenas Seite."

Charly: „Nein, ich gehe nicht zurück."

Silvia: „Dir gefiel der Job sehr gut, bis ich in die Firma kam. Ich habe sämtliche Lügen bereinigt."

Charly: „Ich möchte zurück in die Autobranche."

Lena fügt ein: „Und mir zuliebe?"

Charly: „Du machst es mir sehr schwer. Was ist mit meinen Träumen, eine eigene Werkstatt zu haben?"

Lena: „Eventuell Teilzeit? Wie wäre das für dich? Somit könntest du beides machen."

Silvia sagt: „Für die Firma könnte es auch passen. Ein ausgebildeter Techniker wäre angestellt, sei es nur Teilzeit."

Lena: „Ich möchte dich auf keinen Fall überreden oder beeinflussen. Wenn du es ablehnst, wird sich meine Liebe zu dir nicht ändern. Ich würde es wirklich verstehen. Aber, vielleicht wäre es eine Option für dich. Vielleicht auch nur vorübergehend, bis wir einen vernünftigen Ersatz für dich finden?"

Charly: „Wie soll ich mich gegen zwei Frauen wehren oder durchsetzen?"

Lena: „Charly, bitte nur, wenn du es wirklich möchtest. Ich kann auch ein, nein, verstehen und respektieren."

Charly: „Okay, Teilzeit wäre eine Option, mit der ich gut leben kann."

Lena und Silvia sind von Charlys Entscheidung begeistert.

Silvia sagt: „Ich werde es noch heute, Mark vorschlagen."

Charly: „Jetzt stoßen wir erstmals an."

Nachdem sie weitere Getränke konsumieren sagt Silvia: „Charly, ich habe noch viele Kontakte aus der Werkstatt. Ich könnte dir Kunden bringen."

Charly: „Die werden Boris nicht verlassen."

Silvia: „Viele Kunden sind schon deinetwegen von Boris verschwunden. Wenn sie erfahren, dass du wieder als Kfz-Techniker tätig bist, und das mit einer eigenen Werkstatt, kommen sie sicher zu dir."

Lena fragt ihren Geliebten: „Wo hättest du deine Werkstatt geplant?"

Charly: „Eine Möglichkeit, wäre der vordere Stall, den ich umbauen könnte. Eventuell eine Halle mieten oder gar kaufen."

Lena: „Egal wie du es machen möchtest, ich stehe auf deiner Seite und werde dich unterstützen."

Silvia: „Ich unterstütze dich mit Kunden und der Buchhaltung, falls du dabei meine Hilfe brauchst. Ohne Bezahlung, ich mache es zur

Wiedergutmachung und unserer Freundschaft zuliebe."

Die Stimmung wird immer lustiger und Silvia zieht einen Schlussstrich. Sie sagt: „Man soll das Fest verlassen, wenn es am schönsten ist. Mark wartet sicher schon ungeduldig."

Lena fragt: „Wieviel Alkohol hast du getrunken, Silvia?"

Silvia: „Nur ein Glas, ich bevorzugte Saft und Wasser. Wenn ich mit dem Auto fahre, trinke ich nie Alkohol. Das eine Glas war zu Beginn meines Besuches. Es war mir eine Ehre. Vielen lieben Dank für eure Freundschaft, ihr Lieben."

Sie umarmt zuerst Charly und verabschiedet sich gewohnt mit einem Kuss auf den Mund. Dann nimmt sie Lena in ihre Arme und drückt sie ganz fest. Sie küsst sie ebenfalls auf den Mund und ihre Blicke vertiefen sich. Silvia nähert sich nochmals Lenas Lippen und beide beginnen sich zu küssen. Charly steht schmunzelnd daneben. Ihr Küssen wird leidenschaftlicher als sich ihre Zungen berühren. Nach einiger Zeit beenden es beide mit einem Lächeln.

Zum Abschluss sagt Silvia: „Sorry, Charly, ich konnte ihren Blick nicht widerstehen."

Charly: „Es ist alles in Ordnung, Silvia. Fahr vorsichtig."

Silvia verabschiedet sich von Lena lächelnd und sagt: „Du küsst verdammt gut, Lena. Genieße die Zeit mit deinem Liebsten."

Nachdem Lena mit Charly alleine ist, sagt sie: „Durch Silvias knutschen bin ich jetzt noch wuscheliger und noch süchtiger nach dir. Komm zu mir, Charly."

Charly nimmt sie in die Arme und Lena bedauert es mit den Worten: „Es ist mir sehr unangenehm, dass ich mit Silvia geknutscht habe. Ich liebe dich und es hätte nicht passieren dürfen."

Charly beruhigt sie: „Hey, es ist alles in Ordnung, wirklich. Ich liebe dich so wie du bist. Durch deine Bisexualität, ist es kein Wunder, dass du bei Silvia schwach wirst und ihre Küsse erwiderst."

Lena: „Wodurch habe ich dich nur verdient. Du bist so einzigartig."

Während Charly seine Lena sinnlich streichelt, sagt er schwärmend: „Ich bin so sehr fasziniert von dir. Du hast einen Körper wie eine 20-jährige. Ich kann dir gar nicht mit Worten sagen wie du mich heiß machst. Wie kann man nur so einen jugendlichen Körper haben, wie du. So jung, so frisch, so saftig, so straff und so begehrenswert. Dein Intimbereich ist gleich wie dein gesamter Körper. So perfekt wie aus dem Bilderbuch und so verführerisch und erotisch. Dein natürlicher Duft deiner Haut, ist fesselnd und anziehend, einfach magnetisch. Egal, was du tust, mit jeder Bewegung, mit jeder Geste, mit jedem Blick und mit jedem Lächeln, bringst du meine Liebe um den Verstand. Deine Stimme, mit der die Worte aus deinem bezaubernden und verführerischen Mund entweichen, treffen elektrisierend auf mich ein. Ich kann dir mit Worten gar nicht sagen, wie sehr ich dich liebe."

Lena wird mit Worten der wahren Liebe übersät. Sie genießen diesen Moment der puren Liebe.

Gemeinsam gehen sie baden und erfreuen sich an dem jeweiligen Partnerkörper.

Lena streichelt ihren Traummann und sagt: „Ich vertraue dir mehr als mir selbst. Dieses Gefühl von Liebe, ist für mich komplett neu. Ich vertraue dir so sehr, dass ich alles Erdenkliche auf sexueller Ebene mit dir erleben möchte. Dein glattrasierter Intimbereich ist so fesselnd und wunderschön, wie alles an dir. Bei dir hege ich die schmutzigsten Fantasien aus, die ich mit dir gemeinsam erfahren möchte. Wie sehr kann man einem Menschen, aus Liebe verfallen? Ich bin der lebende Beweis. Ich begehre dich und möchte auch heute, eine weitere sexuelle Nacht mit dir."

Nach dem genussvollen Baden gehen sie wieder in das Schlafzimmer. Auf dem Bett liegend, küsst Charly seine Traumfrau, als es plötzlich an der Tür klopft. Beide springen erschrocken auf. Charly wirft sich eine Decke um den Körper und geht zur Haustür.
Es ist Silvia, die bitterlich weint. Charly bittet sie herein und setzt sich mit ihr auf die Couch. Lena kommt mit einem Bademantel bekleidet hinzu und fragt: „Was ist passiert?"

Silvia erzählt: „Ich habe mich mit Mark fürchterlich gestritten. Ich wollte in meine Wohnung, aber mein Schlüssel ist in meiner Handtasche, die ich vor Enttäuschung bei Mark vergessen hatte. Ich wusste nicht, wo ich hinsollte. Es tut mir so leid, dass ich euch belästige. Nach eurer Kleidung zu urteilen, komme ich auch noch im blödesten Moment. Bitte verzeiht mir, ich werde eure Zweisamkeit nicht verderben und werde fahren."

Charly hält sie zurück und Lena sagt: „Du bleibst bei uns. Setz dich wieder, Silvia. Möchtest du darüber reden, was passiert ist?"

Silvia beginnt zögerlich: „Wir begannen zu diskutieren und es entwickelte sich zu einem

Desaster. Ein fürchterlicher Streit, bei dem Worte unüberlegt und sehr schmerzhaft ausgesprochen wurden."

Lena reicht ihr Taschentücher und streichelt sehr mitfühlend ihren Kopf.

Silvia erzählt weiter: „Es begann schon, als ich bei ihm angekommen bin. Anscheinend war es ihm nicht recht, dass ich lange bei euch war. Er ist sehr eifersüchtig, aber erst seit ich mit ihm offiziell zusammen bin. Zuvor benahm er sich nicht so. Ich unterbreitete ihm unseren Vorschlag und sagte ihm, wenn Charly zurückkommt, könnte Lena wieder in der Technik tätig sein. Er schlug diesen Vorschlag ab. Er müsse für die Firma handeln und die neuen Techniker passen perfekt. Natürlich versuchte ich, ihm diese Möglichkeit schmackhaft zu machen und dass auch diese Variante, für die Firma ein Gewinn sein kann. Es kam eines zum anderen und es eskalierte. Es ist unglaublich, mit welchen Sichtweisen und auch Vorhaltungen er argumentiert. Da ich ebenfalls eine starke Persönlichkeit habe, prallen zwei Sturköpfe aufeinander. Worte, die wie Giftpfeile verschossen wurden, waren dann die Krönung unseres Streites."

Charly: „Jeder Streit ist verletzend. Ihr müsst euch beide beruhigen. Morgen sieht alles anders aus und dann redet ihr vernünftig miteinander."

Silvia: „Das sagt sich so leicht. Er brüllte mich an, wie ein dominanter Vater mit seiner ungezogenen Göre. Ich bin eine erwachsene Frau, mit einer tollen Ausbildung. Er trumpft mit seiner Lebenserfahrung und seiner Weisheit auf. Anscheinend ist der krasse Altersunterschied, doch eine unüberwindbare Hürde. Alles dreht sich um die Firma. Jede Entscheidung ist zugunsten der Firma. Das erwähnt er in jedem Satz. Es arbeiten Menschen in diesem Betrieb die auch Bedürfnisse haben. Er beachtet deren Bedürfnisse nur, wenn es mit der Firma zu vereinbaren ist."

Lena unterbricht Silvia und sagt: „Euer Streit war meinetwegen. Es tut mir so leid, Silvia. Ich kann und werde die Arbeit in der Verpackungsabteilung akzeptieren, so schlecht ist sie ja auch nicht."

Silvia reagiert darauf: „Nein, Lena. Er muss lernen, auch die Bedürfnisse und Wünsche der Mitarbeiter zu respektieren. Wir sind alle keine Maschinen, die man nach Belieben umstellen kann. Es war ja nicht nur wegen meines Vorschlags deinetwegen. Es ist generell seine Haltung und seine dominante Einstellung. Auch wenn ich jetzt mit ihm liiert bin, so habe ich ein eigenes Leben mit einer ganz persönlichen Vergangenheit. Alles gehört zu mir. Ich bin kein Vorzeige-Püppchen die er nach Bedarf aus dem Schrank holen kann."

Charly: „Ich denke, im Angesicht des Streites, sind beiderseits einige böse Worte gefallen. Eines geht zum anderen, wer kennt das nicht?"

Silvia: „Was soll ich nun tun?"

Charly: „Definitiv zur Ruhe kommen. Zu jedem Streit gehören, mehr oder weniger beide Teilnehmer. Der Auslöser, oder der Grund eines Streites, kann oft zur Nebensache werden. Vielmehr kommen Vorhaltungen zum Vorschein, die sehr schmerzhaft sein können. Ein ruhiges und sachliches Gespräch, könnte im Nachhinein zur Versöhnung beitragen."

Silvia: „Es stellt sich die Frage, ob ich das überhaupt noch möchte. Ich blöde Kuh, vergesse meine Handtasche in der mein Wohnungsschlüssel ist."

Lena: „Vergiss den Schlüssel. Du bleibst diese Nacht bei uns. In diesem Zustand solltest du nicht alleine sein."

Silvia: „Ich möchte euch nicht zur Last fallen."

Charly: „Das tust du nicht. Wir haben genug Platz im Haus. Wobei diese Couch nicht besonders zum Schlafen geeignet ist."

Lena: „Das stimmt. Wir werden im Bett zusammenrücken, das ist groß genug und vor allem bequem."

Silvia: „Ihr seid so lieb zu mir. Ich kann euer Angebot nicht annehmen."

Charly: „Doch du kannst und du wirst es annehmen."

Silvia blickt traurig auf den Boden: „Wie kann eine Diskussion nur so eskalieren?"

Charly: „Ein Zeichen, dass einiges aufgestaut wurde und bis jetzt unausgesprochen geblieben war. Im Streit platzt alles unkontrolliert heraus."

Silvia: „Hätte ich bleiben sollen?"

Charly: „Es ist besser zu gehen, bevor noch mehr für immer zerstört wird."

Silvia: „Oh mein Gott. Schlechter kann man sich kaum noch fühlen. Mit dem Lebensgefährten zerstritten und eine lustvolle Nacht, zweier Liebenden zerstört."

Charly: „Alles wird gut. Schlaf eine Nacht darüber und morgen sieht alles wieder besser aus."

Silvia: „Wie soll ich ihm morgen in die Augen sehen? Zu viele böse Wörter sind beim Streit gefallen."

Lena: „Wie Charly bereits sagte, alles wird gut werden. Du liebst ihn doch und er dich sicher auch."

Silvia schaut Lena an und sagt: „Ja, ich liebe ihn. Hey, du trägst dein Haar offen? So kenne ich dich gar nicht. Die sind wunderschön und so verdammt lang. Da könnte man glatt, neidisch werden. Vor lauter Zorn und Schmerz, fällt mir das erst jetzt auf. Wie kann man diese tollen Haare, nur zu einem Knäuel zusammenbinden? Das ist absolute Unterlassung der weiblichen Schönheit. Ja, eine regelrechte Vergewaltigung, meine Süße."

Lena: „Es freut mich, dass sie dir gefallen und vor allem, dass du wieder lächeln kannst. Wollen wir schlafen gehen?"

Charly geht voran und legt sich mit der Decke, die seinen Körper noch immer verdeckt, am Rand des Bettes. Lena, liegt in der Mitte, mit ihrem seidigen Bademantel. Silvia entkleidet sich bis auf die Unterwäsche und legt sich neben Lena, auf die andere Bettseite. Lena fühlt sich sehr wohl, in der Mitte, zwischen Charly und Silvia. Die Müdigkeit, nach diesen ereignisreichen Tag, zeigt Wirkung. Sanft schlafen sie ein.

Noch in den Nachtstunden, bevor der Morgen erwacht, wird Silvia munter. Der Streit mit Mark beschäftigt sie sehr. Sie versucht trotzdem zu schlafen, aber wehmütig beginnt sie leise zu weinen. Lena bekommt es mit und umarmt sie zärtlich.

Lena flüstert: „Pssst, versuche zu schlafen."

Dabei gibt Lena ihr einen tröstenden Kuss auf den Mund. Daraufhin, treffen sich ihre Blicke. Bei beiden Frauen, schlägt die Lust und die Begierde, wie ein Blitzschlag ein und sie beginnen sich zu küssen. Anfangs nur zärtlich und sinnlich. Erst mit Zugabe der Zungen, wird das Küssen zu einer leidenschaftlichen Schmuserei. Lena wird genauso erregt wie Silvia. Keine der beiden Frauen, können sich dagegen wehren. Charly, der ebenfalls munter wird, verhält sich ruhig.
Silvia öffnet Lenas Bademantel und küsst sie liebevoll weiter. Lena spürt wie ihr Körper vor Erregung und Begierde reagiert. Es war das gleiche Gefühl, wie am Abend. Charly merkt,

wie beide Frauen, innig Küssen und möchte nicht stören. Er steht langsam mit der Decke auf.

Doch Lena sagt: „Nein, Charly, bitte bleib. Komm zu mir."

Er blickt fragend zu Silvia. Sie sagt: „Gehorche und verwöhne deine Traumfrau."

Charly kniet sich mit der Decke vor Lena, legt ihre gespreizten Beine auf seine Schultern und befriedigt sie neben seiner Ex-Geliebten. Silvia küsst Lenas Brüste, dann ihren Hals bis zu ihrem Mund. Dazwischen ihre Ohren, Nase und wieder ihre Lippen. Lena ist im absoluten Sexrausch und stöhnt immer heftiger. Silvias Küssen und die vaginale Befriedigung von Charly, und das über einen sehr langen Zeitraum, bringt sie in eine neue Dimension der Ekstase.

Als Silvia, Lenas Bauch küsst und sie dabei Charlys Orgasmus spürt, explodiert Lena förmlich. Ein ohrenbetäubender Lustschrei entweicht ihr, bei ihrem Orgasmus, der sich über den Rücken im ganzen Körper verteilt.

Charly legt sich befriedigt neben Lena. Silvia streichelt Lena am gesamten Körper, auch an ihrer Vagina und sagt: „Du hast einen wunderschönen Körper, Lena."

Nebenbei verteilt sie Charlys Flüssigkeit, die aus Lenas Scheide kommt, zärtlich auf Lenas gesamten Intimbereich.

Friedlich und entspannt schlafen sie bis in die Morgenstunden.

Am Morgen danach:

Silvia ist es offensichtlich peinlich, wie sehr sie sich von Gefühlen leiten ließ und sagt: „Niemals, hätte ich es soweit kommen lassen dürfen. Es tut mir unendlich leid, dass ich mich in eure Liebesbeziehung eingebracht habe. Dieses Recht hatte ich nicht und schon gar nicht, dass ich deine Frau, sehr intim geküsst habe."

Bevor Charly antworten kann, sagt Lena: „Wir beide, Silvia, haben uns leiten lassen. Ich wollte es genauso, wie du. Dafür, brauchen wir uns nicht zu entschuldigen und nichts, braucht uns peinlich sein."

Silvia: „Schön, dass du es so siehst. Und, was ist mir dir, Charly?"

Charly lächelt und sagt: „Hey, ich hatte zwei Frauen im Bett. Was will man mehr?"

Silvia lacht ebenfalls: „Diese Antwort war klar."

Lena: „Für mich, war es ein Traum und eine wunderschöne Erfahrung. Ich wurde durch beide Geschlechter verwöhnt und befriedigt. Ein absoluter Höhepunkt, für jede bisexuelle Frau. Euch beide, in vereinter Kombination? Was will, Frau mehr?"

Silvia wird trotz der lieben Worte, ruhig und sagt: „Und das soll ich Mark, nach dem Streit auch noch beichten. Ich rannte davon und betrüge ihn auch noch. Das darf er niemals erfahren. Ich bitte euch, zu schweigen, bitte."

Charly: „Ich würde dir empfehlen, nicht zu lügen, Silvia. Was ist schon Großartiges passiert? Ja, du hattest mit Lena eine heiße Küsserei, und? Bist du deswegen untreu? Deine Berührungen an Lenas Körper, egal an welcher Stelle, ist das wirklich, Untreue? Es gibt einen wesentlichen Unterschied zwischen Männern und Frauen. Im Gegensatz zu Männern, fließt in jeder Frau eine lesbische Ader. Ihr habt euch verleiten lassen, durch weibliche Gefühle. Dass, ich dabei Lena sexuell befriedigte, musst du nicht unbedingt auf einem Silbertablett servieren. Aber, was hast du angestellt, wodurch du glaubst, ihn betrogen zu haben? Wir beide, hatten definitiv, keinen sexuellen Kontakt. Euer Küssen, ja, und?"

Silvia: „So offen und tolerant wie du, sind nicht alle Männer, glaube mir. Auch küssen, zählt als Untreue."

Charly: „Mag sein, dass es nicht alle so sehen wie ich. Ich würde niemals meine Frau mit einem Mann teilen. Lena ist bisexuell und deswegen habe ich vollstes Verständnis. Hinter meinem Rücken, möchte ich es aber auch nicht."

Lena sagt ihre Meinung: „Ehrlich und offen darüber reden, ist sehr wichtig. Treu zu sein, ist ein wichtiger Punkt in jeder Beziehung. Ich bin der Meinung, du kannst deinem Lebensgefährten mit ruhigem Gewissen anvertrauen, dass wir beide uns geküsst haben. So war es auch und nicht mehr."

Silvia lächelt und sagt: „Ihr seid so unbeschreiblich lieb, verständnisvoll, ehrlich und echte Freunde. Ich habe es auch sehr genossen, letzte Nacht. Dich küssen zu dürfen, Lena, da fehlen mir die Worte. Deine zarte Haut zu berühren, zu fühlen und zu ertasten, erweckten sämtliche erogenen Zonen in meinem Körper. Während eurem sexuellen Akt, streichelte ich mich selbst. Mein Körper wurde von Lust durchströmt und durch die sexuelle Erregung auch feucht. Einen kleinen Orgasmus bekam ich, als ich Charlys Samen an deiner Vagina verteilt habe. Das war für mich eine komplett neue Erfahrung. Ohne jeglichen persönlichen sexuellen Akt, nur durch euren Anblick und die Berührung deines und meines Körpers, Lena. Stimmt jetzt nicht ganz. Küssen ist auch ein sexueller Akt, oder? Egal, ich liebe euch und es war wunderschön. Bleibt beide, so wie ihr seid."

Silvia kommt zeitgleich mit Lena in die Firma. Sie parken ihre Autos nebeneinander. Nach dem Aussteigen umarmt Silvia ihre Freundin, gibt ihr einen Kuss auf den Mund und sagt: „Ich bin wirklich fasziniert von dir. Wusste bisher nicht, welch eine Sexbombe in einem Mauerblümchen steckt. Das meine ich liebevoll und nicht abwertend, Süße. Stille Wasser sind tief. Wir sehen uns später, okay?"

Diese Umarmung und der Kuss, entgeht Mark nicht. Er erwartet sie bereits.
Seine erste Frage: „Wo warst du letzte Nacht? In deiner Wohnung offenbar nicht."

Silvia: „Ich wünsche dir auch einen wunderschönen guten Morgen, Mark. Hast du mich gesucht?"

Mark: „Natürlich, ich machte mir Sorgen."

Silvia: „Ich war bei Lena."

Mark: „Habt ihr miteinander gevögelt?"

Silvia: „Bitte nicht in diesem vulgären Ton und schon gar nicht in der Firma. Wir können gerne über alles in Ruhe sprechen."

Mark geht in sein Büro und knallt dabei die Tür zu.

Silvia versucht ruhig zu bleiben und widmet sich, ihrer Arbeit.

Zur Vormittagspause geht sie gezwungener Weise in sein Büro. Immerhin ist Mark ihr Vorgesetzter und sie muss ihm natürlich Bescheid geben.

Sie sagt: „Ich mache jetzt Pause."

Mark reagiert noch immer enttäuscht und fragt: „Alleine?"

Silvia: „Nein, mit Lena."

Mark: „War die Nacht zu kurz, für eure perversen Fantasien?"

Silvia versucht dies zu ignorieren und sagt mit ruhiger Stimme: „Mahlzeit, bis später."

Silvia geht zu Lena in die Verpackungsabteilung, um mit ihr die Pause zu verbringen. Gemeinsam trinken sie Kaffee in der Kantine.

Lena fragt: „Habt ihr sachlich miteinander gesprochen?"

Silvia sagt enttäuscht: „Wenn du Aussagen, wie, hast du mit Lena gevögelt oder war die Nacht zu kurz für eure perversen Fantasien, als sachlich bezeichnest?"

Lena: „Oh, du Arme. Das tut mir so leid. Hätte ich niemals erwähnt, dass ich in die Technik zurück möchte, würdet ihr euch nicht streiten."

Silvia: „Nein, Lena. Das war vielleicht der Auslöser, aber die Einstellung zum Leben generell, passt nicht bei uns. Er ist grundlos und krankhaft eifersüchtig. Das schlägt sich bei ihm auf Respektlosigkeit um. Ich versuche ruhig und sachlich zu bleiben, egal was er zu mir sagt. Wie lange ich das aushalte, weiß ich nicht. Nach der Arbeit fahre ich heim in meine Wohnung. Immerhin hat er mir meine Handtasche mitgebracht."

Lena: „Charly und ich sind für dich da, egal wann, okay?"

Nach der Kaffeepause gehen sie wieder getrennte Wege. Silvia macht wie gewohnt ihre Arbeit sehr gewissenhaft. Sie versucht Mark aus dem Weg zu gehen, da sie keine Lust auf streiten hat.
Um die Mittagszeit kommt Mark zu Silvia: „Lass uns reden, Silvia. Ich lade dich zu einem Mittagessen ein, außerhalb der Firma."

Silvia sagt zu und fährt mit Mark, in ein Lokal. Die Stimmung ist angespannt.
Im Restaurant fragt Mark: „Hast du ein Verhältnis mit Lena?"

Silvia antwortet: „Nein."

Mark: „Warum küsst ihr euch?"

Silvia: „Weil wir Frauen sind. Was ist schon dabei, wenn wir uns küssen?"

Mark: „Es ist pervers, wenn zwei Frauen sich abschlecken. Du bist die Lebensgefährtin des Geschäftsführers."

Silvia kontert: „Komisch bei Männern sind, lesbische Pornofilme der Verkaufsschlager, soviel zum Thema, es sei pervers."

Mark: „So ein Quatsch und mach dich nicht über mich lustig."

Silvia: „Das mache ich schon wegen des Respekts nicht. Dafür sorgst du schon selbst."

Mark wird ruhig und schweigt. Nach einiger Zeit sagt Silvia: „Was ist zwischen uns passiert? Stimmt die Chemie nicht mehr? Was stört dich an mir?"

Mark: „Ich habe Angst, dich zu verlieren."

Silvia: „Das war keine Antwort auf meine Frage."

Mark: „War Charly dabei, als du Lena gevögelt hast?"

Silvia: „Ich gebe dir jetzt die Möglichkeit, deine Frage zu überdenken und ich werde bewusst, nicht darauf antworten."

Mark wird lauter: „Also, ja. Das ist doch pervers."

Silvia steht vom Tisch auf und sagt in ruhiger Tonlage: „Ich habe bereits Plusstunden aufgebaut. Ich nehme mir ab sofort Zeitausgleich. Wenn du deine Tonlage, sowie deine Aussagen, wieder in den Griff bekommst, kannst du dich gerne bei mir melden. Ich wünsche dir noch einen guten Appetit."

Silvia geht aus dem Lokal und Mark ärgert sich über sich selbst. Weinend geht Silvia die Straße entlang. Ihr Auto steht am Firmengelände, das zu weit entfernt ist. Um von Mark nicht gesehen zu werden, biegt sie in eine kleine Gasse ein. In ihrer Verzweiflung ruft sie Charly an, der auf der Stelle sie abholen kommt. Er bringt sie in sein Haus. Umgehend informiert er seine Geliebte, über das Telefon.
Daheim bei Charly, weint Silvia fast durchgehend. Sie ist sehr verletzt über das Verhalten und die Anschuldigungen ihres Lebensgefährten.

Nur mühsam kommt Charly bei ihr durch.

Sie erzählt ihm: „Er wirft mir immer vor, ich hätte mit Lena gevögelt und ob du auch anwesend warst, dies sei pervers und lauter so ein Schwachsinn."

Charly: „Ich hätte ihn nicht so prüde und konservativ eingeschätzt."

Silvia: „Sexuell präsentiert er sich aber ganz anders. Der Sex mit ihm ist zwar nicht so erfüllend, hervorragend und einzigartig wie bei dir, aber auch extrem gut."

Charly schmunzelt: „Dankeschön. Das lassen wir in unserer Erinnerung so stehen. Niemals darfst du das nur ansatzweise, ihm gegenüber erwähnen. Nennen wir es, er verwöhnt und befriedigt dich anders."

Silvia: „Okay. Anders, aber auch super. Ich beneide euch beide. Ihr harmoniert so gut miteinander. Schade, dass es zwischen uns nicht geklappt hatte. Ich weiß, meine sogenannten Lügen, die eigentlich keine Lügen waren, aber egal. Ich war viele Jahre in dich verliebt und hatte dann, die schönste Zeit in meinem Leben, und zwar mit dir. Das kann ich nicht aus meinem Herzen verbannen, das geht einfach nicht. Meine Liebe zu dir, ist sicher auch ein

Grund, warum es mir sehr schwerfällt, eine neue Beziehung zuzulassen. Mark war am richtigen Weg, aber mit dieser Art? Keine Angst, Charly. Niemals würde ich mich zwischen dich und Lena stellen oder drängen. Dass du Lena vergötterst und verehrst, weiß ich. Ich bin von Lena unbeschreiblich fasziniert. Sie strahlt etwas aus, was man nicht mit Worten beschreiben kann. Hinter dem Mauerblümchen, verbergen sich einzigartige Schätze. Es freut mich sehr für dich, dass du diese besonderen Schätze so verehrst und zu schätzen, weißt. Das macht dich zu einem großartigen und liebenswerten Mann."

Charly: „Danke, für deine Offenheit. Was wirst du jetzt tun? Gibt es eine Möglichkeit, ein vernünftiges, ruhiges und sachliches Gespräch zu führen?"

Silvia: „Derzeit sieht es nicht danach aus. Ich bin ratlos. Erstmals Abstand halten, denke ich, wäre sinnvoll."

In diesem Moment kommt Lena heim. Charly freut sich sehr darüber und begrüßt sie, wie gewohnt sehr liebevoll und innig. Auch Silvia freut sich über Lena.

Während ihrer Gespräche, verfliegt die Zeit, rasend schnell.

Am Abend fragt Charly: „Möchtest du bei uns bleiben?"

Silvia antwortet: „Ich würde sehr gerne, aber es ist besser, wenn ich in meiner Wohnung schlafe. Ich könnte bei Lena für nichts garantieren."

Lena lächelt: „Wäre es schlimm?"

Silvia lacht ebenfalls: „Sehr sogar, Lena. Ob es diesmal beim Küssen bleiben würde? Nein, definitiv nein. Könntet ihr mich in meine Wohnung bringen, oder zumindest zum Auto?"

Lena antwortet: „Du kannst mit meinem Auto fahren, wenn du möchtest. Und wenn dir die Decke auf dem Kopf fällt, fährst du zu uns. Das Auto können wir morgen tauschen."

Silvia verabschiedet sich von den beiden und fährt in ihre Wohnung. Nun sind Lena und Charly wieder alleine. In geliebter Zweisamkeit ist Lena sehr ruhig. Sie weiß, dass der Streit ihretwegen ist. Schon längere Zeit, möchte sie Charly etwas Wichtiges erzählen. Doch weiß sie nicht, wie sie beginnen soll. Durch ihre Nachdenklichkeit, fragt Charly nach dem Grund ihrer Traurigkeit.

Um ihr Geheimnis nicht lüften zu müssen, sagt Lena: „Mich beschäftigt der Streit von Silvia. Ich fühle mich schuldig. Meine Unzufriedenheit über die Versetzung und auch das Küssen mit Silvia, sind die Gründe des Streites. Das macht mich traurig."

Charly: „Suche nicht die Schuld bei dir, Lena. Für ihren Streit, kannst du nichts dafür. Sie müssen endlich miteinander reden. Offen und ehrlich, nur das hilft den beiden."

Lena kuschelt sich ganz nah zu Charly und sie ist trotzdem sehr trübselig. Auch sein streicheln bringt sie nicht aus der Traurigkeit heraus. Die Stunden vergehen und Charly bemüht sich weiterhin sehr liebevoll um seine Geliebte.

Dann sagt sie plötzlich: „Charly, wäre es sehr unverschämt von mir, wenn ich dich jetzt bitten würde, mich sexuell auf andere Gedanken zu bringen?"

Charly: „Nein, ich werde mein bestmögliches Versuchen, mein Schatz."

Er trägt sie auf seinen Armen in das Schlafzimmer und setzt sie behutsam auf das Bett. Langsam entkleidet er sie und sie ihn. Um Lena auf andere Gedanken zu bringen, streichelt, massiert und küsst er sie, bei den Füßen beginnend, über ihre zarten Beine, Bauch, Brust bis zum Kopf. Erst dann widmet er sich ihrem

186

Schritt zwischen den Beinen. Lena greift nach Charlys Penis und spielt damit. Charly spürt, wie beschwerlich sie in Stimmung kommt. Jedoch, weiß er genau, wo ihre erogenen Stellen sind, die sie sexuell erregen.

Lena wird zusehends begieriger und ihre Scheide wird feucht. Lena zieht Charly auf sie und lässt sein bestes Stück in ihre Vagina gleiten. Charly küsst dabei ihre Ohren und auch den Mund. Immer mehr verfällt Lena in den Sog der Begierde. Charly genießt die sexuelle Befriedigung mit seiner Liebsten in vollen Zügen und in jeder einzelnen Sekunde mit ihr.

Ihren ersten Höhepunkt ignoriert Charly und befriedigt sie weiter. Lenas Körper zittert unkontrolliert und sie stöhnt vor Erregung. Sie krallt sich immer wieder mit ihren Fingern in Charlys Haut, bis sie zeitgleich den Höhepunkt erleben.

Charly küsst sie weiterhin an sämtlichen Stellen am Körper, so dass sich ihr Körper vor lustvollem Verlangen, nicht erholen kann. Minuten später dringt er abermals in sie ein und befriedigt sie nonstop. Lena stöhnt und schreit mittlerweile vor Lustgefühlen. Charlys sexuelle Bewegungen werden immer schneller und intensiver. Lenas Augen beginnen sich zu verdrehen und kurz vor ihrer Ohnmacht, kommt Charly zum Samenerguss und Lena zu ihrem Orgasmus.

Als Charly sich erheben will, zieht Lena ihn ganz fest zu sich. Sie möchte ihn noch weiter spüren. Erst nach einer halben Stunde, lässt sie ihn los und sagt: „Du bringst mich stets in eine Ekstase, die unmenschlich ist. Ein Vulkanausbruch ist harmlos, mit dem, was du mit mir machst."

Da sie viel zu erschöpft sind, verzichten sie auf ein Bad und schlafen zusammengekuschelt ein. Nach etwa einer Stunde wird Lena munter und beginnt zu weinen.

Charly hört sie und fragt: „Warum weinst du?"

Lena: „Ich habe gegenüber Silvia, Schuldgefühle. Der Streit zwischen den beiden, ist meinetwegen. Mich schmerzt das so sehr. Ich kann doch nicht die ganze Zeit, sexuell befriedigt werden, damit ich auf andere Gedanken komme."

Charly: „Du bist nicht schuld, rede dir das bitte nicht ein. Zwischen den beiden, sind offensichtlich unausgesprochene Differenzen die sie überwinden müssen. Ihre Probleme, sind nicht deine. Beide müssen die Ursache finden und sie dann aus dem Weg räumen. Ich bin mir sicher, ihre Probleme haben ganz andere Gründe, als du glaubst und vermutest. Du wirst als Thema auf den Tisch gelegt, um von anderen Ursachen abzulenken. Sie werden es schaffen, davon bin ich überzeugt."

Lena: „Denkst du, es ist wirklich so?"

Charly: „Ganz sicher, mein Schatz."

Ihr schlechtes Gewissen, Charly gegenüber, wegen ihrem Geheimnis, plagt sie weiterhin. Sie schweigt, da sie nicht weiß, wie sie es ihm sagen soll.

Am nächsten Tag, bringt Charly seine Lena in die Firma. Lenas Auto ist nicht zu sehen.

Lena fragt: „Wo ist Silvia? Grubers Auto steht hier, aber meines nicht."

Charly: „Ich ruf sie mal an."

Als Charly zum Handy greift, sagt Lena: „Da kommt sie."

Sie steigen aus, und begrüßen sich, wie immer mit einem Kuss.

Lena fragt: „Wie geht es dir?"

Silvia: „Ganz gut. Ich konnte mich letzte Nacht erholen. Nun, starte ich einen weiteren Versuch.

Charly fährt wieder heim.

Silvia geht mit gemischten Gefühlen zu ihrem Arbeitsplatz, wo bereits Mark auf sie wartet. Er fragt sie: „War Lena die ganze Nacht bei dir?"

Silvia antwortet: „Guten Morgen, erstmal. Nein, war sie nicht."

Mark fragt weiter: „Warum stand ihr Auto vor deiner Wohnung?"

Silvia: „Sie hatte es mir gestern geborgt."

Ohne weitere Reaktionen, geht Mark in sein Büro. Silvia wird zornig und folgt ihm in sein Büro und sagt: „Behandle mich nicht wie Luft. Was soll das? Um was geht es dir?"

Mark: „Ich habe zu tun."

Silvia: „Ganz genau. Nämlich, mir zu erklären, was das soll?"

Mark: „Wie bist du gestern vom Restaurant heimgekommen?"

Silvia: „Ich habe Charly gebeten, mich abzuholen."

Mark: „In sein Haus? Ohne Lena?"

Silvia: „Sie ist nach der Arbeit heimgekommen."

Mark: „Zuerst hast du dich mit Charly alleine vergnügt? Und, als Draufgabe gab es noch einen perversen Dreier?"

Silvia: „Es reicht. Ich kündige. Leb wohl."

Enttäuscht und verletzt fährt Silvia mit ihrem Auto vom Firmengelände weg zu ihrer

Wohnung. Sie informiert Charly und auch Lena, über ihre Kündigung.

Lenas Stimmung ist am Tiefpunkt angelangt. Sie erkundigt sich telefonisch über Silvias Zustand. Silvia antwortet: „Mach dir keine Sorgen, Süße. Es ist gut so. Vielleicht öffnen sich neue Türen für mich."

Lena: „Charly und ich, sind für dich da, denk bitte immer daran."

Lenas Arbeitstag vergeht nur schleppend und sehr mühsam. Der Streit geht ihr nicht aus dem Kopf. Sie gibt sich weiterhin die Schuld für dieses Desaster.

Daheim bei Charly angekommen, kann sich Lena nicht entspannen. Sie ist unruhig, traurig und enttäuscht, dass Silvia gekündigt hat.

Daraufhin sagt Charly: „Vielleicht ist es auch besser so."

Lena reagiert überrascht: „Warum, sagst du so etwas?"

Charly: „Du begehrst sie und das kann für mich nicht gut enden."

Lena: „Zweifelst du an meiner Liebe zu dir?"

Charly: „Ich weiß es nicht. Silvia war eine jahrelange Freundin, dann war sie meine Geliebte. Wird sie jetzt deine Geliebte?"

Lena: „Nein, Charly. Bitte zweifle nicht an meiner Liebe zu dir."

Charly: „Es scheint so, als würde deine lesbische Liebe, unsere übersteigen. Natürlich, respektiere und akzeptiere ich, deine Bisexualität, aber warum mit meiner Ex-Geliebten?"

Sie umarmt ihn und sagt: „Bitte, zweifle nicht an meiner Liebe zu dir. Silvia ist und wird nicht meine Geliebte werden. Kein Mensch, wird sich zwischen uns stellen können. Bitte glaube mir."

Wortlos sitzt Charly auf der Couch und Lena bemüht sich um ihn: „Warum hast du gestern nicht gesagt, dass es dich stört?"

Charly: „Deinetwegen, sagte ich nichts. Du warst glücklich und wegen Silvia, sexuell sehr erregt. Diesen Moment wollte ich dir nicht zerstören."

Lena: „Ich war deinetwegen sexuell sehr erregt, auch wenn Silvia etwas dazu beigetragen hatte. Befriedigt wurde ich, auf meinem Wunsch, von dir und nicht von Silvia. Darf ich dir einen kleinen Vergleich geben. Du sagst, du liebst meinen Körper und meine Beine sind für dich sehr erotisch. Doch, wenn ich Nylonstrümpfe anziehe, macht es dich noch heißer. Vielleicht war Silvia dasselbe für mich, wie für dich Nylonstrümpfe über meine Beine. Es ist nicht nötig, aber doch, einen Hauch erotischer."

Über diesen Vergleich, muss Charly schmunzeln. Lena sagt weiter: „Ich liebe und brauche nur dich, Charly."

Charly antwortet: „Und was machen wir, wenn ich auf deine halterlosen Nylonstrümpfe nicht verzichten möchte?"

Lena: „Ich möchte auch nicht darauf verzichten. Ich finde es genauso erotisch wie du. Darf ich noch etwas hinzufügen, oder dir eine weitere Frage stellen?"

Charly: „Natürlich."

Lena: „Ist es in meinem Fall, bezüglich Bisexualität, nicht besser eine Frau zu haben, die du kennst, als eine wildfremde Frau? Du kennst Silvia und hattest ihr vertraut und sogar einst geliebt."

Charly: „Vielleicht, genau aus diesem Grund, weil sie meine Ex-Geliebte ist? Aber, deine Frage ist durchaus berechtigt."

Lena: „Was genau, störte dich bei Silvia? Ist es, das Küssen generell, oder dass sie während unseres Liebesaktes dabei war?"

Charly: „Dass ihr euch küsst, finde ich sehr schön, aber nicht während wir beide sexuell verkehren. Hierbei, brauche ich nicht meine Ex."

Lena: „Kann ich absolut verstehen. Weißt du Charly, ich brauche, während wir beide verschmelzen, auch keine weitere Person dabei zu haben. Und, ich habe nicht das Bedürfnis, mit Silvia alleine sexuell verkehren zu wollen. Ich werde mich auch nicht mehr zum Küssen verleiten lassen."

Charly: „Darauf brauchst du, meinetwegen nicht zu verzichten, wenn du es wirklich willst. Mach es nicht wegen Silvia, sondern weil du es möchtest."

Lena: „Danke, Charly. Beim nächsten Mal, den sofortigen Stopp, offen und ehrlich aussprechen. Das gilt für uns beide, okay?"

Charly: „Ja, das machen wir so."

Lena kuschelt sich glücklich zu Charly. Während sie seine Nähe genießt, kreisen ihre stillen Gedanken im Kopf herum: Charlys Nähe und seine Liebe tun ihr unbeschreiblich gut. Sie sollte ihm endlich, ihr Geheimnis anvertrauen. Aber, wie sollte sie beginnen?
Innerlich spürt sie ihre Nervosität und ein schreckliches Unwohlgefühl.

Lena fasst all ihren Mut zusammen, küsst ihn und sagt dann: „Charly, es gibt noch etwas, was ich dir schon längst sagen hätte sollen. Ich wartete auf den richtigen Zeitpunkt, aber es gibt keinen dafür. Wir sind mittlerweile schon längere Zeit zusammen und ich weiß, dass unsere Liebe, Bestand hat. Mein schlechtes Gewissen, ist nicht nur wegen dem Streit, zwischen Silvia und Gruber, sondern vorwiegend, deinetwegen. Ich werde es dir jetzt erzählen, Charly. Nachdem ich mich von der Domina-Freundin gelöst hatte, wollte ich ein neues Leben beginnen. Durch meine verlorene Selbstachtung, verkroch ich mich in mein Schneckenhaus. Der einzige Halt, war mein Amulett von meiner Mutter. Meine ganzen letzten Jahre, plante ich einen Rachefeldzug, für meine Mutter, gegen meinen Vater. Dieser Plan konnte nur gehalten werden, mit einer neuen Identität. Mein richtiger Name ist Valentina Haller."

Charly steht schockiert auf und geht zum Fenster. Er sagt: „Die nächste Frau, die mich angelogen hat. Ich glaub es nicht."

Valentina: „Bitte höre dir, die ganze Geschichte an. Ich kaufte die Firma, die heute den Namen, Valentina Mannequin trägt, aus Rache gegen meinen Vater. Mein Vater ist Mark Gruber, der nichts von mir weiß. Ich wollte ihn vernichten.

Jedoch besteht eine rechtskräftige Vereinbarung. Ich musste ihn vertraglich mitübernehmen und kann ihn nur loswerden, wenn er schlecht wirtschaftet, nicht gesetzeskonform handelt oder sich etwas zu Schulden kommen lässt. Deswegen schleuste ich mich unter dem Namen, Lena Sommer ein. Niemand sollte davon erfahren."

Charly: „Langsam. Das geht mir zu schnell. Dein Vater ist Mark Gruber? Und, was für eine Rache?"

Valentina: „Ja, Gruber ist mein Vater. Ich wollte meine Mutter rächen und meinem Vater schaden. Nachdem ich als Lena in die Firma kam, sah ich meinen Vater das erste Mal. Durch mein BWL-Studium, lenkte ich die Betriebsleitung im Hintergrund. Dabei merkte ich, dass mein Vater, ein guter Geschäftsführer ist. Meine Rache wurde zur Nebensache. Zur Aufklärung fehlte mir sowieso der Mut und das nötige Selbstvertrauen. In der Firma konnte ich als Mauerblümchen existieren, das gefiel mir. So vergingen die Jahre und mir ging es gar nicht so schlecht dabei."

Charly: „Was habe ich an mir, dass Frauen mich permanent anlügen?"

Valentina: „Sei ehrlich, bitte. Habe ich dich belogen und betrogen? Ja, gewisse Sachen konnte ich dir nicht sagen. Das stimmt. Egal ob ich Lena oder Valentina heiße. Ich liebe dich und werde immer so bleiben, wie du mich kennen gelernt hast. Außer, dass ich mehr Geld habe, als ich brauche."

Charly: „Und deine Rache an deinen Vater, dem Gruber?"

Valentina: „Frieden, keine Rache mehr. Obwohl, den Streit mit Silvia muss er klären und beenden."

Charly: „Wie geht es jetzt weiter?"

Valentina: „Mit uns? Meine Liebe bleibt so wie sie ist, nur freier. Mit der Firma? Kleine Änderungen, die ich auflösen und erklären werde. Ich bitte dich von ganzem Herzen, vertraue mir und unterstütze mich. Liebst du mich noch?"

Charly: „Wen? Lena oder Valentina?"

Valentina: „Vordergründlich, mich. Und mein Name ist Valentina Haller."

Charly: „Ich habe mich in Lena verliebt und mit ihr die schönste Zeit meines Lebens erleben dürfen. Ich hoffe sehr, Valentina enttäuscht mich nicht."

Valentina: „Heißt das, du gibst Valentina eine Chance?"

Charly: „Aus Liebe, ja."

Valentina umarmt ihren Liebsten voller Dankbarkeit und aus tiefstem Herzen.

Charly: „Wie geht es jetzt morgen weiter, mit deinem Erscheinen, als Valentina in der Firma?"

Valentina: „Darüber muss ich mir noch Gedanken machen. Egal, wie ich es machen werde, ohne dich, schaffe ich es nicht. Ich bitte dich von ganzem Herzen, unterstütze mich und hilf mir. Bitte, Charly."

Charly: „Inwieweit traust du dir diesen Schritt zu? Das ist noch heftiger als in einer Boutique, Kleidung zu probieren."

Valentina: „Ja, das wird der schlimmste Moment in meinem Leben. Unterstützt du mich?"

Charly: „Natürlich, Lena zuliebe."

Valentina lächelt: „Nur Lena zuliebe?"

Daraufhin lächelt auch Charly: „Dir zuliebe, Valentina."

Valentina: „Danke, mein Liebster. Wollen wir uns auf die Couch setzen?"

Charly setzt sich neben Valentina, die seine Hand, sehr liebevoll in ihren Händen hält.
Sie sagt: „Bitte verzeih mir, dass ich wegen meiner Familiengeschichte geschwiegen hatte. Ich bin dieselbe Frau, der du mit deinen Therapiestunden geholfen hast. Nur, mein Name hat sich geändert."

Charly: „Trotzdem, sehr heftige Neuigkeiten."

Valentina: „Mir fehlte der Mut, meine bizarre Situation, zu ändern oder aufzuklären. Durch dich, stieg mein Vertrauen schon sehr. Aber, diesen Schritt, kann ich nicht alleine gehen. Dazu, brauche ich dich, Charly."

Charly: „Wie ist dein Plan?"

Valentina: „Ich könnte mir es so vorstellen. Wir beide fahren in die Firma und ich werde meinen Vater, damit konfrontieren, wer ich bin. Sollte ich Silvia einweihen oder es ihr anschließend sagen?"

Charly: „Dein Vater hat das Vorrecht. Silvia ist sowieso nicht in der Firma, wegen ihrer Kündigung. War das also der Grund deiner Neugier, bezüglich dem China-Geschäft?"

Valentina: „Ja, immerhin ist es meine Firma. Gut, dann mache ich es so. Begleitest du mich?"

Charly: „Das Gespräch solltest du alleine führen."

Valentina: „Das kann ich nicht. Bitte, sei an meiner Seite, Charly. Sollte ich mich ankündigen? Oder, eher einen Überraschungsbesuch machen?"

Charly: „Da morgen früh, Lena nicht erscheinen wird, solltest du es gleich in der Früh einplanen. Ich würde es ankündigen."

Valentina: „Gut, dann werde ich ihm jetzt eine Mail schreiben und Valentina für morgen früh ankündigen."

Valentina schreibt auf ihrem Smartphone, umgehend dieses Mail an ihren Vater.

Charly sitzt sehr nachdenklich neben ihr. Valentina merkt es: „Charly, ich weiß, es sind viele Neuigkeiten für dich. Bitte bedenke, du bist der wichtigste und der einzige Mensch, den ich von Herzen liebe und auch brauche."

Am nächsten Morgen, steht Charly recht früh auf. Er wirkt sehr nachdenklich und die Tatsache, dass Lena eigentlich Valentina ist, muss er erst einmal gedanklich ordnen. Irgendwie, überkommt ihn das Gefühl, er befindet sich in einem falschen Film.

Als Valentina ebenfalls munter wird, ruft sie nach Charly. Er geht in das Schlafzimmer und setzt sich neben sie.
Valentina sagt: „Ich habe große Angst, vor dem heutigen Tag."

Charly: „Von was genau, hast du Angst?"

Valentina: „Von der ganzen Situation. Ich stelle mich heute meinem Vater vor. Ab nun ist Lena Vergangenheit und ich bin die Inhaberin von dieser Firma. Ich bin sehr nervös und ich weiß nicht, wie ich es schaffen soll. Wie soll ich mein Mauerblümchen-Dasein, auf der Stelle loswerden?"

Charly: „Du bist auf dem besten Weg, eine mutige und selbstsichere Frau zu werden. Der heutige Tag ist deine Bewährungsprobe. Ich glaube fest an dich, du wirst es großartig meistern. Und, wenn du glaubst, es geht nicht, dann denke an deinen Körper, wie er sich anfühlt, kurz vor dem Höhepunkt. Wenn du es zulässt, ist es traumhaft schön."

Valentina: „Ein toller Vergleich. Kurz vor dem Höhepunkt, stehe ich nicht in der Öffentlichkeit."

Charly: „Dein Vater ist nicht die Öffentlichkeit."

Valentina: „Irgendwie schon. Danach muss ich mich auch der Belegschaft stellen. Ich stehe im Mittelpunkt. Ich, das Mauerblümchen, das sich nicht einmal traut, in eine Boutique zu gehen."

Charly: „Es ist dein Leben, du bist stark und mutig geworden. Ich bin sehr davon überzeugt, dass du es schaffst. Nun, solltest du aufstehen und dich fertig machen."

Valentina wählt ein passendes Outfit. Valentina soll nicht gekleidet sein, wie Lena.

Sie trägt ein schwarzes hautenges Minikleid. Ihren Oberkörper und ihre Schultern sind bedeckt, mit einer kurzen schwarzen Bolero-Weste, mit Spitzen. Ihr Dekolleté ist ebenso sexy, wie ihre Nylonstrümpfe mit Muster an den Beinen. Dazu passende schwarze High-Heels an den Füßen. Ihr seidiges blondes Haar ist offen und leicht gewellt. Ihr Gesicht ist mit etwas Make-up geschminkt und ihre Augen sind betont.

Charly fährt mit Valentina, in der Firma vor. Sie ist furchtbar nervös und sagt im Auto sitzend: „Können wir es noch abbrechen? Ich kann es nicht."

Charly: „Du kannst es. Glaub an dich selbst. Denk an die sexuellen Momente."

Valentina: „Annehmen, fühlen, spüren und zulassen. Okay, es gibt kein Zurück mehr."

Als sie aus dem Auto steigen, kommt bereits der Geschäftsführer Mark Gruber auf sie zu. Er begrüßt Charly mit einem Nicken und geht direkt zu Valentina.

Verblüfft und verwirrt sagt er: „Lena? Was machen sie hier?"

Valentina: „Herr Gruber, ich bin Valentina und habe unter dem Namen Lena Sommer gearbeitet."

Gruber: „Wie darf ich das verstehen? Ich denke es ist besser, wir gehen ins Büro. Lena? Darf ich bitten?"

Valentina greift nach Charlys Hand und sagt: „Ich heiße Valentina und Charly kommt mit."

Der Geschäftsführer bittet Valentina und Charly im Büro, Platz zu nehmen.

Neugierig fragt Gruber: „Warum das ganze Versteckspiel? Lena ist Valentina? Sie hätten als anwesende Inhaberin, alles in der Hand gehabt."

Sie nimmt ihre Halskette ab und legt diese auf den Schreibtisch.
Gruber erkennt es und fragt: „Woher haben sie dieses Amulett?"

Valentina: „Von meiner Mutter. Sie gab es mir am Sterbebett."

Gruber: „Dieses Amulett ist ein Einzelstück, dass ich anfertigen ließ. Wer ist ihre Mutter?"

Valentina: „Katrin Haller. Sie bekam es, als Abschiedsgeschenk von meinem Vater, als sie mit mir schwanger war."

Zum Beweis legt sie ein Kuvert auf den Tisch. Gruber nimmt eine Geburtsurkunde und einen DNA-Vaterschaftstest aus dem Kuvert.

Nach Ansicht der Papiere schweift er nachdenklich und traurig in die Vergangenheit ab: „Katrin Haller war also schwanger und trennte sich deswegen von mir. Das erfahre ich nach 30 Jahren von meiner Tochter."

Valentina hackt ein: „Wer hat sich von wem getrennt? Meine Mutter erzählte es ganz anders."

Gruber: „Valentina. Welcher Mann lässt ein besonderes und wertvolles Amulett anfertigen, wenn er sich aus dem Staub machen will? Mit diesem Amulett wollte ich sie an mich binden, doch entschied sie sich für eine Frau und ich hatte keine Chance mehr. Sie gestand mir, ihre lesbische Beziehung. Katrin Haller, ich glaub es nicht. Nach 30 Jahren. Gut, das muss ich noch verarbeiten."

Valentina ist ebenfalls geschockt und verwirrt.

Gruber fragt: „Okay, warum dieses Spiel als Lena?"

Valentina schluckt und gibt kleinlaut die Antwort: „Aus Rache für meine Mutter. Ich wollte dich vernichten und kaufte die Firma, die dir wichtiger schien als meine Mutter. Nein, bitte, jetzt rede ich. Durch die rechtskräftige Vereinbarung, hatte ich keine Möglichkeit dich zu entlassen. Ich hoffte auf Fehler von dir. Um dies zu beobachten, kam ich als Lena Sommer in die Firma. In dieser Zeit wurde ich von deinen Fähigkeiten als Geschäftsführer überzeugt."

Gruber bekommt feuchte Augen: „Das alles, wegen einer Verdrehung der Tatsachen.

Valentina Haller, meine Tochter, ich freue mich wirklich sehr."

Valentina geht zu ihrem Vater und umarmt ihn. Dabei weinen beide.

Nach einiger Zeit sagt ihr Vater: „Gibst du mir die Möglichkeit, für ein gegenseitiges Kennenlernen?"

Valentina: „Ja, aber nur wenn du mit Silvia ein ehrliches und ruhiges Gespräch führst. Zu deiner Information, deine Tochter ist bisexuell, wie ich nun erfahren habe, wie meine Mutter. Ich liebe Charly aus tiefstem Herzen und zwischen Silvia und mir, ist eine freundschaftliche Liebe entstanden."

Gruber ist noch immer verwirrt: „10 Jahre hast du in dieser Firma als Helferin gearbeitet, obwohl du die Inhaberin bist und auch noch meine Tochter. Dein Zorn und deine Wut, müssen aber enorm gewesen sein."

Valentina: „Ja, aber, nur zu Beginn. Mit der Zeit sah ich, dass du ein guter Geschäftsführer bist und meine Rachsucht nahm ab. Das Leben als Helferin war für mich in Ordnung. Hierbei konnte ich mich verstecken. Leider bin ich tatsächlich ein Mauerblümchen und ich hätte nie den Mut gehabt, diese Situation aufzulösen."

Gruber: „Wie ein Mauerblümchen stehst du aber nicht im Raum, ganz im Gegenteil."

Valentina: „Das habe ich ganz alleine, Charly zu verdanken."

Gruber: „Charly? Sie wussten vom Doppelleben meiner Tochter?"

Charly: „Nein. Erst gestern hat sie mich aufgeklärt."

Gruber: „Ich bin einerseits schockiert und anderseits, sehr erfreut. Wie wird es nun weitergehen? Möchtest du deine Firma alleine leiten und führen?"

Valentina: „Natürlich werde ich nicht mehr als Helferin erscheinen, sondern als Chefin. Dich weiterhin, als Geschäftsführer an meiner Seite zu haben, würde ich sehr begrüßen. Ein paar Änderungen wird es aber geben."

Gruber: „Gut, ich freue mich, auf die Zusammenarbeit mit dir, als meine Tochter. Welche Veränderungen, strebst du an?"

Valentina: „Meine erste Änderung wird der Zukauf von Nylonstrümpfen sein. Diese werde ich stoppen. Wir werden eine eigene Kollektion von Nylonstrümpfen, in diesem Betrieb produzieren. Eine weitere Produktion, wird exklusive Damen Bekleidung in Handarbeit herstellen. Hierfür werden 10 Näherinnen eingestellt. Die Kalkulation wegen der neu geplanten Produktionen und auch einen passenden Businessplan, habe ich dir bereits per Mail gesendet."

Gruber: „Gut, gerne sehe ich mir deine Pläne an. Eines würde mich noch interessieren. Du musst natürlich nicht darauf antworten. Wie konntest du es dir damals finanziell leisten, sämtliche Investoren, Anleger und Konzerne zu überbieten?"

Valentina: „Mit einem sehr riskanten Kredit und mit Goldreserven meiner Mutter. Dank deines Geschäftsführer-Könnens, und meines Geschickes im Hintergrund, konnte ich den Kredit sehr rasch abbezahlen und in den Jahren, ein saftiges Plus auf meinem Konto ansparen."

Gruber: „Über, einen sogenannten Kredithai?"

Valentina: „Nein, noch schlimmer. Ich war damals in einer lesbischen Beziehung. Meine Partnerin strebte eine Karriere als Model an. In dessen Umfeld lernte ich einen Pornofilm-Produzenten kennen. Er gab mir diesen Kredit. Hätte ich die Kreditsumme nicht zurückzahlen können, müsste ich für unzählige Filme meinen

Körper zur Verfügung stellen. Erst wenn durch die Einnahmen der Filme, die Summe abgedeckt ist, wäre ich schuldenfrei. Inwieweit ich das kontrollieren hätte können, wann diese Summe erreicht wäre, lass ich jetzt einmal so im Raum stehen. Vermutlich hätte ich mein Leben lang, Pornofilme drehen müssen. Ich ging ein sehr hohes Risko ein. Es kam nie dazu, da ich sehr rasch die fällige Summe abbezahlen konnte. Dieses Risiko nahm ich in Kauf, nur um meine Mutter, an dir zu rächen. Fakt ist, glaube niemals nur einer Seite einer Geschichte. Es gibt immer zwei Versionen."

Charly fügt sich der Unterhaltung ein und fragt: „Dein Rachefeldzug, war dir das wirklich wert? Das hätte ganz schnell schieflaufen können. Gab es keine andere Option?"

Valentina: „Damals nicht. Es ist alles gut gegangen und ich musste mich nie, für dieses schmutzige Geschäft opfern. Rache macht blind und leichtsinnig. Ich erkannte mich, in deiner Geschichte mit Silvia, wieder. Sogar, sie ist der Wut und dem Zorn, verfallen. Schön, dass sie den Absprung gefunden hat und meine beste Freundin wurde."

Charly: „Was hättest du getan, oder wie wäre es dir ergangen, wenn du den Kredit nicht zurückzahlen hättest können?"

Valentina: „Ich wäre gestorben. Ich blendete diese Gefahr aus."

Sie widmet sich ihrem Vater zu: „Deine Geschichte ist eigenartig und doch berührend. Meine Mutter hatte sich für eine lesbische Beziehung entschieden. Das Amulett, schenkte ihr mein Vater, also du, zum Abschied. Das würde erklären, warum du, derart negativ bei Silvia reagierst. Du hattest schon einmal eine Frau, an eine Frau verloren. Deswegen, die Eifersucht und der blödsinnige Streit?"

Valentinas Vater: „Ja, so war es und so ist es heute auch wieder. Gut, dann darf ich mir deine Pläne anschauen?"

Er öffnet das besagte Mail und liest sich etwas ein.
Erstaunt sagt er: „Du bist eine großartige Geschäftsfrau, dies hast du mir über die Jahre schon bewiesen. Die Pläne der neuen Produktionslinien, sind sehr vielversprechend. Dein Geschäftssinn ist überzeugend und geht absolut in die richtige Richtung. Respekt, Valentina."

Valentina lächelt: „Das dürfte ich von dir geerbt haben. Ich habe es mir genau durchkalkuliert. Geschäftskunden, die sich für unsere

Kollektionen interessieren, habe ich bereits unter Vertrag nehmen können."

Während Valentina mit ihrem Vater über die Geschäfte und Pläne spricht, sitzt Charly ruhig auf einem Sessel und genießt den Anblick seiner wunderschönen Traumfrau Valentina. Sie sieht blendend aus. Sehr figurbetont und sehr sexy und doch elegant.

Sie so glücklich zu sehen, macht ihn sehr stolz. Wer hätte sich das vor wenigen Wochen vorstellen können, dass die schüchterne Lena, nun als Business-Frau Valentina, die Firma leitet.

Er erkennt, dass sich Valentina vom Mauerblümchen-Dasein, verabschiedet hat. Er schaffte es bei ihr tatsächlich, durch sexuelles Vergnügen, das sie wieder erlernen musste, dass sie zu einer selbstsicheren Persönlichkeit wird. Durch das fühlen und spüren ihres eigenen Körpers, durch das langsame sexuelle herantasten von Charly, konnte sie ihre körperlichen Blockaden lösen. Charlys Sex-Therapie, trägt nun Früchte. Die Ursache mit dem selbigen zu bekämpfen, ist ihm gelungen.

Charly ist sehr stolz darauf, dass er der Mann sein durfte, der ihr dabei helfen konnte, so zu sein, wie sie jetzt ist.

Er lauscht nebenbei dem Gespräch und hört, wie es um Silvia geht.

Dabei sagt Valentina zu ihrem Vater: „Das wirst du klären mit Silvia. Ich übernehme die Leitung der Firma und du fährst umgehend zu Silvia. Begrabt euren Streit und führt ein ruhiges und sachliches Gespräch. Silvia ist eine sehr intelligente und sehr attraktive Frau. Verbock es nicht. Sie küsst übrigens fantastisch."

Gruber verlässt lächelnd das Büro und Valentina geht zu Charly, um ihn zu umarmen.

Charly sagt lächelnd: „Du hast deine Bewährungsprobe, einwandfrei bestanden. Ich bin sehr stolz auf dich."

Valentina: „Das habe ich ganz alleine dir zu verdanken, mein Liebster."

Charly: „Wie geht es nun weiter? Du bleibst als Chefin in der Firma?"

Valentina: „Einstweilen, ja. Natürlich, kommst auch du wieder in die Firma, um in meiner Nähe zu sein. Als Lebensgefährten der Chefin, stehen dir die Türen offen. Ich würde dir auf diesem Gelände, eine Halle zur Verfügung stellen, für deinen Traum, bezüglich Autowerkstatt."

Charly: „Ein sehr verlockendes Angebot, Chefin. Wie lange möchtest du heute bleiben?"

Valentina: „Sicher, den ganzen Tag. Erstmal werde ich mir Einblick verschaffen. Wenn mein Vater zurückkommt, muss ich mich der Belegschaft auch noch stellen. Es wird sehr aufregend werden."

Charly: „Wie fühlst du dich dabei?"

Valentina: „Überraschend gut und sicher. Könntest du mich bitte, heute Nachmittag wieder abholen?"

Charly: „Ja, natürlich."

Valentina küsst ihren Charly, noch sehr leidenschaftlich, bis er schließlich heimfährt.

Zur selben Zeit, sprechen sich Silvia und Mark aus. Ein Auszug aus ihrem Gespräch:

Mark erzählt ihr, die gesamte Geschichte, über Lena und Valentina und anschließend, dass sich die Mutter von Valentina, für eine lesbische Beziehung, von ihm getrennt hatte.

Silvia: „Ich verstehe es, dass dich deine Vergangenheit geprägt hat. Aber, warum wurdest du so respektlos und abwertend? Ein klärendes Gespräch hätte uns weitergeholfen."

Mark: „Ich hatte Angst. Ich sah dich mit Lena, also Valentina, und alles kam wieder hoch. Es tut mir von ganzem Herzen leid, Silvia."

Silvia: „Hat dir deine Tochter alles erzählt? Also wie sie veranlagt ist?"

Mark: „Ja. Meine Tochter ist bisexuell und es ist für mich, völlig in Ordnung. Wie ist es bei dir?"

Silvia: „Charly, sagte es passend. In jeder Frau, steckt eine lesbische Ader. Dies sei der große Unterschied, von Mann und Frau."

Mark: „Bitte, Silvia. Geht es konkreter?"

Silvia: „Auch, in mir fließt eine lesbische Ader. Frauen haben kein Problem, Frauen zu küssen, im Gegensatz zu euch Männern. Ich bin nicht abgeneigt, eine Frau, wie deine Tochter zu küssen, auch wenn es intim mit Zunge, ausartet."

Mark: „Sind meinerseits Ängste berechtigt, dich an eine Frau, wie Valentina, verlieren zu können?"

Silvia: „Definitiv, nein. Ich bin heterosexuell gepolt, auch wenn ich weiterhin deine Tochter zur Begrüßung küssen werde."

Mark: „Habe ich aus deiner Sicht, noch eine Chance verdient?"

Silvia: „Oft denken wir zu viel und reden zu wenig, oder besser gesagt, wir reden unüberlegt. Es gibt Momente, in denen man besser nicht redet, sondern einfach das tut, was das Herz verlangt."

Das hat Mark verstanden. Er steht auf und küsst seine liebste Silvia.

Dann möchte Silvia noch eines wissen und fragt: „Mark, darf ich dich fragen, warum du noch verheiratet bist?"

Mark: „Zum Schutz meiner Frau. Ich habe nicht nur die Mutter meiner Tochter, an eine Frau verloren, sondern auch meine Ehefrau, bevorzugt eine Frauen-Beziehung."

Silvia lacht und sagt: „Bitte entschuldige mein Lachen, aber sämtliche Frauen, die mit dir zusammen sind, werden lesbisch?"

Mark lacht ebenfalls: „Ja, ob es an mir liegt, wird sich mit dir zeigen."

In ihrer offenen Unterhaltung, versuchen sie alles zu klären und sämtliche Differenzen zu besprechen.

Anschließend fahren sie gemeinsam in die Firma zu Valentina.

Charly denkt daheim über sein neues Leben mit Valentina nach. Das Mauerblümchen, in das er sich verliebt hat, ist nun eine reiche Firmeninhaberin. Seinetwegen, würde sie sogar eine Halle für seine Autos zur Verfügung stellen. Er könnte, täglich in ihrer Nähe sein. Das neue Outfit seiner Liebsten, gefällt ihm sehr. Jetzt trägt sie genau diesen Stil, den er so sehr an Frauen liebt.

Als Silvia mit Mark ins Büro kommt, strahlt Valentina, vor Freude. Sie umarmen sich und dabei küssen sie sich auf den Mund. Mark lächelt dabei.

Valentina fragt die beiden: „Mich interessieren keine Details, habt ihr vernünftig reden können?"

Silvia lächelt Mark an und sagt: „Wir haben alles bereinigt und aufgeklärt. Unserer Liebe steht also, nichts mehr im Weg. Wie konntest du als Chefin, solange als Mauerblümchen leben, Valentina? An diesen Namen muss ich mich auch noch gewöhnen. Also?"

Mark steht auf und sagt: „Ich werde, während ihr euch in Ruhe unterhalten könnt, deine Ankündigung beim Personal veranlassen. Wäre die Kantine recht, Valentina?"

Valentina: „Ja, das ist eine gute Idee, danke. Nun, meine liebe Silvia. Was möchtest du im Detail hören?"

Silvia: „Dann warst du nie ein Mauerblümchen?"

Valentina: „Oh doch. Charly hat mich durch seine spezielle Sex-Therapie geheilt."

Silvia: „Im sexuellen Bereich ist Charly unschlagbar. Wie darf ich mir diese Therapie vorstellen?"

Valentina erklärt ihrer Freundin, sehr detailgetreu, wie er es schaffte, sie aus dem Schneckenhaus zu befreien und sagt abschließend: „Er bekämpfte die Ursache mit dem selbigen, also mit sehr intimen und traumhaftschönen Sex-Verführungskünsten, die mich zum Beben brachten."

Silvia: „Hör auf, ich werde schon ganz wuschelig. Schön, dich so gestylt und sexy sehen zu dürfen. Was sagt Charly dazu?"

Valentina: „Ich denke, er ist sehr stolz auf mich und natürlich findet er diese Outfits, viel besser. Obwohl ich darüber, sehr froh und auch sehr stolz bin, dass sich Charly, nicht wegen meinem Stil, meinem Outfit und meinem Styling, an mich heran gemacht hat. Er nahm mich als Mauerblümchen, die als Helferin gearbeitet hat."

Silvia: „Nicht zu vergessen, deinen finanziellen Reichtum. Mark erwähnte, der Betrieb wirft einen Millionenbetrag ab. Von deinen Plänen hatte er mir auch erzählt. Anscheinend möchtest du expandieren und noch erfolgreicher werden? Ich bin wirklich sehr beeindruckt von dir. Dein Vater übrigens auch."

Valentina: „Ja. Es wird alles ganz toll werden."

Mark kommt zurück und sagt zu seiner Tochter: „Valentina, die Belegschaft wäre versammelt. Darf ich euch bitten?"

Aufgeregt aber stolz steht sie im Eingangsbereich der Kantine, als ihr Vater vor der Belegschaft sagt: „Ich möchte euch die Inhaberin von Valentina Mannequin vorstellen. Es ist meine Tochter, Valentina Haller."

Valentina wird herzlichst mit Applaus begrüßt. Sie sagt: „Ich danke euch vielmals, Dankeschön. Ja, ich bin Valentina. Ihr kennt mich als Lena Sommer. Ich arbeitete inkognito, 10 Jahre lang als Helferin. Dies wusste auch mein Vater nicht. Ich bin, über euer Engagement, für die Firma sehr dankbar. Jedem Einzelnem von euch, gebührt meinen Respekt, danke. Es wird auch Veränderungen geben. Wir werden die Produktion erweitern. Zukünftig werden sämtliche Kleidungen in Handarbeit, in unserem Betrieb produziert werden. Zusätzlich, kommt eine eigene Kollektion mit Nylon-Strümpfen heraus, unter dem Namen Valentina. Diese Kollektion, wird ebenfalls in diesem Betrieb produziert werden. Die letzte Veränderung meinerseits. Die Geschäftsführung wird auf 2 Personen geteilt. Mein Vater Mark Gruber und seine Lebensgefährtin Silvia, werden die

Geschäfte, gemeinsam führen. Ich persönlich, werde als Chefin, präsent sein. Vielen herzlichen Dank."

Valentina stellt sich noch dem Personal. Sie wird von den Kolleginnen belagert und jede einzelne hatte unzählige Fragen an sie.

Erst am Nachmittag geht sie mit Mark und Silvia in das Büro.

Silvia ist sehr beeindruckt und sehr dankbar, über ihre Beförderung zur Geschäftsführerin und sagt: „Wie habe ich diese Beförderung verdient? Durch mein erotisches Küssen mit dir?"

Mark und Valentina lachen, und dabei sagt Valentina: „Dein erotisches Küssen, verdient die höchste Auszeichnung, meine liebe Silvia. Du und mein Vater, werdet es großartig machen, davon bin ich überzeugt."

Zu ihrem Vater sagt Valentina: „Ich hoffe du fühlst dich nicht diskriminiert von meiner Entscheidung, die Geschäftsführung auf zwei Personen aufzuteilen. Du hast bisher, großartige Arbeit für die Firma geleistet. Ich wollte dir keine Aufpasserin zur Seite stellen. Vielmehr möchte ich, dass du mit Silvia mehr Zeit verbringen kannst. Deine Lebensgefährten ist eine gute Managerin. Durch die Erweiterung der

Produktion, wird auch die Geschäftsführung mehr zu tun haben."

Mark: „Ich weiß Silvias Talent und Engagement zu schätzen und ich freue mich sehr über deine Entscheidung, Silvia in die Geschäftsführung zu befördern. Keineswegs sehe ich das als diskriminierend an, sondern als Bereicherung. Und, keine Sorge. Nochmals vergeige ich es mit Silvia nicht mehr. Valentina, ich bin sehr stolz auf dich und ich bin sehr glücklich, dass es dich gibt."

Valentina umarmt ihren Vater und auch seine Lebensgefährtin Silvia.

Mark öffnet zur Feier des Tages, ein Flasche Champagner. Sie stoßen auf ihre Zukunft an und unterhalten sich, bis Charly eintrifft.

Valentina springt Charly regelrecht um den Hals, bei seiner Ankunft. Nach einem liebevollen Kuss, fragt Charly: „Wie fühlst du dich?"

Valentina: „Sehr, sehr gut, Charly. Schön, dass du bei mir bist. Die Belegschaft hat mich ebenfalls sehr liebevoll in Empfang genommen. Silvia und mein Vater, werden gemeinsam die Geschäftsführung übernehmen."

Charly: „Du hast dein Ziel erreicht, Valentina."

Valentina: „Nein, noch nicht ganz. Charly, ich liebe dich, wie ich noch nie einen Menschen geliebt habe. Du bist mein wahrer Traum, mein Herz schlägt nur für dich. Charly, möchtest du mich heiraten?"

Dabei kniet sie, trotz ihres hautengen Minikleids, vor ihm.

Charly ist überrascht und antwortet überschwänglich: „Ja. Du warst immer meine versteckte Schönheit und gerne möchte ich dich als meine sichtbare Schönheit heiraten. Erst tiefgefroren verpackt und nach dem Auftauen eine Wildkatze."

Silvia und Mark lachen und freuen sich mit dem zukünftigen Brautpaar.

Silvia küsst Valentina sehr vertraut, neben Mark und Charly. Silvia sagt während dem Küssen: „Süße, du wirst mir zu gefährlich. Ich könnte dich auf der Stelle vernaschen und irgendwann, kann ich mich nicht mehr zurückhalten."

Daraufhin sagt Valentina: „Wäre das so schlimm?"

Als sie ihre unüberlegte Antwort realisiert, blickt sie verlegen zu Charly, der sagt: „Hierfür brauchst du nicht meine Einwilligung."

Als Valentina darauf antworten möchte, unterbricht sie Charly: „Für deine Bedürfnisse und dein Wohlbefinden, habe ich nichts einzuwenden. Ich freue mich für dich, wenn du es möchtest."

Mark gibt seine Antwort dazu: „Charly, für das Wohlbefinden unserer Frauen, tun wir alles, nicht wahr?"

Daraufhin lachten alle Anwesenden. Valentina umarmt ihren Charly und drängt ihn etwas abseits und flüstert ihm ins Ohr: „Kein Stopp, deinerseits?"

Charly flüstert: „Nein."

Sie küsst ihn sehr innig und leidenschaftlich und es wird weiter gefeiert.

In bester Stimmung sagt Valentina: „Silvia, du bist meine beste Freundin, die Ex-Geliebte meines Ehemanns, und vielleicht auch bald meine zukünftige Stiefmutter."

Alle Anwesenden lachen und Silvia fügt hinzu: „Nicht zu vergessen, deine Teilzeit-lesbische Kusspartnerin."

Valentina antwortet: „Vielleicht, sogar mehr? Wer weiß schon, was noch kommen wird."

Während des Feierns sagt Charly zu seiner Verlobten: „Jetzt ist aber der richtige Zeitpunkt gekommen, dass du dein kleines Schneckenhaus kündigst und bei mir, für immer einziehst."

Valentina lächelt glücklich und sagt: „Sehr gerne, Charly. Mein kleines Schneckenhaus brauche ich aber nicht kündigen, mir gehört der gesamte Wohnblock."

Erst spät am Abend sind Valentina und Charly wieder daheim.

Valentina sitzt entspannt auf der Couch, ihre Beine liegen über Charlys Schoß. Sie lässt den Tag Revue passieren und erzählt von den heutigen Ereignissen. Charly hört aufmerksam zu und streichelt ihre wunderschönen, mit Nylonstrümpfen bedeckten Beine. Er genießt und liebt diesen Stil seiner Geliebten.

Nach einiger Zeit sagt Valentina: „Möchtest du mich in dieser Hülle, im Bett genießen?"

Charly lacht und sagt: „Ja, sehr gerne. Deine Hülle ist sehr verführerisch."

Sie liegen nebeneinander im Bett. Valentina entkleidet ihren Verlobten komplett und sie, zieht lediglich ihre High-Heels aus.
Valentina genießt das streicheln und küssen ihres Liebsten. Genussvoll gleitet Charly mit seinen Händen über seine Traumfrau und entkleidet sie ganz langsam, Stück für Stück. Dabei küsst er sie sehr innig und gefühlvoll. Valentina spürt, wie Charly jede Sekunde intensiv auskostet. Es dauert eine Ewigkeit, bis Valentina nackt ist.

Er legt sich auf seine Traumfrau. Valentina schiebt seinen Penis in ihre Vagina und er bewegt sich langsam auf ihr. Jede Zelle des Körpers, werden bei beiden elektrisierend erregt. Kurze Zeit später beendet er, indem er seinen erregten Penis aus ihrer Vagina gleiten lässt.

Zärtlich aber erotisch, zieht er mit der Zunge, kleine Kreise um ihre Brustnippel. Dann wandert er weiter nach oben zum Hals, dabei hinterlässt er eine feuchte Spur, pustet leicht darüber, was ihr eine Gänsehaut einbringt. Zentimeter für Zentimeter, gleitet er langsam wieder in ihre Vagina ein.

Valentina schwärmt: „Du fühlst dich unglaublich an und du füllst mich ganz aus. Deine Lust ist unübersehbar und einzigartig spürbar."

Charly treibt sie beinahe zum Orgasmus und lässt kurz vorher von ihr ab. Er widmet sich ihrem Hals, ihren Brüsten, knabbert an ihren Nippeln, leckt darüber, bläst darauf und sie richten sich prompt auf. Sie recken sich ihm entgegen und wollen offensichtlich mehr. Seine sinnliche Folter mit der Zunge bringt sie um den Verstand. Er hört nicht auf und er ist ihr gegenüber gnadenlos, was er mit ihr macht.

Valentina: „Ich bettle dich an, nimm mich, bitte."

Doch Charly gibt nicht nach. Er beginnt ihren Bauchnabel zu umkreisen und küsst langsam zu ihrem Intimbereich. Er leckt und küsst ihre Klitoris, dann saugt er an ihr und schenkt ihr den ersten Orgasmus.

Charly kommt zurück nach oben und küsst sie sehr innig auf den Mund. Gleichzeitig dringt er in sie ein. Er hält ihre Hände über dem Kopf fest, benutzt sie, was sie nur noch mehr anmacht. Sie schaut ihn an und er sieht sämtliche Emotionen in ihrem Blick.

Charly fragt: „Gefällt es dir? Willst du mehr?"

Valentina kann vor Erregung nicht reden, sie kann nur nicken.

Sie spannt ihre Muskeln an und es wird für beide intensiver. Ihre Blicke vertiefen sich in den Partner. Es macht sie beide an und sie steuern gemeinsam auf den Höhepunkt zu. Seine Hand vergräbt sich in ihren Haaren und als sie gemeinsam kommen, zieht er daran, was ihren Orgasmus noch intensiver macht.

Wie eine Welle überrollt sie dieses intensive Gefühl. Sie spürt ein tiefes ziehen und prickeln im Bauch.

Völlig erschöpft und außer Atem liegt sie unter ihrem Charly, der sie sanft auf den Mund küsst.

Nach einer kurzen Verschnaufpause dreht Charly sie auf den Bauch und zieht sie an der Hüfte nach oben, so dass sie vor ihm kniet. Er streichelt zärtlich und liebevoll ihr Hinterteil, bevor er ihr einen leichten Klaps versetzt, was Valentina aufstöhnen lässt. Er zieht sie sanft an den Haaren zu ihm nach oben. Er küsst ihren Nacken. Dabei streichelt und reizt er mit einer Hand ihre Brüste.

Lustvoll dringt er von hinten in sie ein. Seine Bewegungen sind sanft und ausdauernd. Valentina ist in Dauererregung. Er befriedigt sie, bis kurz vor ihrem Orgasmus.

Er legt sie wieder auf den Rücken und dringt härter in sie ein. Valentina stöhnt und verlangt mehr. Charly wird schneller und intensiver. Valentinas Körper beginnt unkontrolliert zu zittern, sie spürt den Höhepunkt kommen und zieht Charly ganz nah zu sich. Sie krallt ihre Fingernägel in seinem Po. Als sie die Ejektion von Charly in ihr spürt, bekommt auch sie einen weiteren Höhepunkt.

Valentina ist fix und fertig. Erst später sagt sie: „Das grenzt an Folterung, Charly. Du findest erogene Stellen an mir, die nicht einmal Frauen bei mir entdeckt hatten. Kein Mann und keine Frau vor dir, stimulierte meinen G-Punkt so intensiv wie du. Die Höhepunkte die du mir schenkst, sind von einer unmenschlichen Intensivität, die ich noch nie erlebt hatte."

Charly streichelt ihre Beine und sagt: „Dein einzigartiger Körper zeigte mir ohne Worte, was du haben möchtest."

Valentina: „Eine derartige Form, eines Orgasmus, den man in jeder einzelnen Zelle des Körpers fühlt und spürt, ist mit Worten nicht zu beschreiben. Charly, ich liebe dich so sehr, dass es schon schmerzt."

Befriedigt und entspannt schlafen sie dann zusammen gekuschelt ein.

Sehr früh am nächsten Morgen, steht Charly auf. Er lässt seine Verlobte weiterschlafen. Nach dem morgendlichen Ritual im Bad, zieht er sich an und sitzt neben Valentina am Bett. Er beobachtet sie und genießt ihren Anblick. Ihr gewelltes langes Haar, liegt verteilt über dem Polster. Ihr Gesicht ist gezeichnet von unendlicher Schönheit und ihre Haut ist zart und fein.

Als Valentina wach wird, lächelt sie Charly liebevoll an. Nach dem Morgenkuss fragt sie: „Hast du mich beim Schlafen angesehen?"

Charly: „Ja. Ich wollte dich genießen"

Valentina: „Oh, du bist so süß, mein Verlobter. Die letzte Nacht, war unbeschreiblich schön, Charly. Wenn wir erst verheiratet sind, möchte…"

Charly sagt: „Es wird keine Hochzeit geben, Valentina."

Valentina setzt sich geschockt auf. Sie beginnt bitterlich zu weinen und fragt: „Was? Warum nicht?"

Charly: „Unsere beiden Leben passen nicht mehr zusammen. Sehe mich, als einen Wegbegleiter für eine gewisse Strecke in deinem Leben an. Für deinen weiteren Lebensweg, bist du gewappnet und gestärkt, auch ohne mich."

Valentina schmerzen diese Aussagen. Sie krampft sich auf dem Bett zusammen und fragt heulend: „Ich brauche dich doch. Ist es wegen der Firma? Liegt es an Silvia? Was um Gottes Willen ist der Grund, dass du mich fallen lässt?"

Charly sagt mit ruhiger und einfühlsamer Stimme: „Wir leben in unterschiedlichen Welten."

Valentina heult weiter: „Warum verpasst du mir einen Dolch in mein Herz? Ich brauche keine Firma und der blöde Flirt mit Silvia, tut mir leid."

Charly: „Der Flirt mit Silvia, braucht dir nicht leid zu tun."

Valentina: „Was ist dann der Grund?"

Charly: „Ich habe mich vor einiger Zeit, unsterblich in Lena verliebt. Sie erfreute sich an den kleinsten Dingen im Leben. Leider ist mir diese Frau abhandengekommen."

Valentina: „Ich bin dieselbe Frau, nur mit einem anderen Namen. Ich bin die Frau, die dich über alles liebt, egal was kommt."

Charly: „Tut mir leid, Valentina. Ich liebte einst, Lena. Leb wohl, Valentina."

Ohne weitere Worte, verlässt Charly sein Haus und fährt davon.

Valentina ist geschockt, verletzt und enttäuscht. Ihr bitterliches Weinen, wird zu einem schreienden Heulkrampf.

In der Firma macht sich Mark bereits Sorgen um seine Tochter: „Wo bleibt sie nur?"

Silvia: „Sie wird sicher mit Charly noch ihre Verlobung feiern. Gönn ihr diese schöne Zeit."

Mark: „Meinst du?"

Silvia: „Ja, definitiv ja. Valentina und Charly hatten sicher die ganze Nacht Sex. Hey, sie ist die Chefin, sie braucht sich nicht zu entschuldigen,"

Am späteren Nachmittag ruft Valentina bei Silvia an. Silvia begrüßt sie: „Hey, Süße. Habt ihr es endlich aus dem Bett geschafft?"

Valentina heult ins Telefon und Silvia fragt: „Hey, Valentina, warum weinst du? Was ist passiert?"

Nur weinerlich und teilweise unverständlich sagt sie: „Charly, er hat mich verlassen."

Silvia: „Das glaube ich nicht. Er liebt und vergöttert dich."

Valentina: „Er liebt Lena und nicht mich."

Silvia: „Beruhige dich, bitte. Ich gehe davon aus, dass du bei Charly bist. Ich komme zu dir."

Silvia sagt zu Mark: „Charly hat sie verlassen. Er liebt Lena und nicht sie. Wie auch immer. Ich fahr zu ihr. Passt das für dich, Mark?"

Als Silvia bei Valentina ankommt, heult sie noch immer. Silvia versucht sie zu trösten.

Nachdem Valentina ihr halbwegs alles erklären konnte, sagt Silvia: „Vielleicht fühlt er sich überrumpelt. Gib ihm Zeit. Komm, nimm deine Sachen. Ich helfe dir beim Packen deiner Taschen. Zieh dir etwas Hübsches an, wir fahren zu deinem Vater in die Firma."

Gemeinsam suchen sie ihre Klamotten zusammen, verstauen es in ihrem Koffer und in einer Tasche. Mit getrennten Autos fahren sie in die Firma zu Mark.

Auch in den Armen ihres Vaters, heult Valentina vor Schmerzen. Jegliche Worte von Silvia und von Mark, prallen bei ihr ab.

Valentina ist untröstlich und in Marks Händen, klappt sie schließlich zusammen. Ohne Bewusstsein stützt sie ihr Vater.

Silvia wählt sofort den Notruf.
Mit dem Notarzt-Hubschrauber kommt sie in ein Krankenhaus.

Mark und Silvia fahren umgehend in das Spital. Ein banges Warten auf die Diagnose, entfacht die Sorge um Valentina umso mehr.

Nach einer gefühlten Ewigkeit, kommt endlich ein Arzt zum leiblichen Vater von Valentina: „Ihrer Tochter geht es den Umständen besser. Für die nächsten Tage, bleibt sie aber bei uns. Wissen sie, warum sie ohnmächtig geworden ist? Gab es einen Vorfall?"

Mark: „Ihr Verlobter hat sie verlassen, darunter litt sie sehr. Warum? Was hat sie?"

Der Arzt: „Ihre Tochter hatte einen Schlaganfall und das in Verbindung mit ihrer Schwangerschaft, ist nicht gut."

Mark: „Valentina ist schwanger? Ich glaube nicht, dass sie das wusste."

Der Arzt: „Sie bleibt auf alle Fälle in Beobachtung. Sie können sie gerne besuchen, jedoch schläft sie."

Mark betritt mit Silvia das Krankenzimmer und sieht seine Tochter an Schläuchen und an Kabeln angeschlossen. Um das Krankenbett stehen medizinische Geräte. Mark beginnt zu weinen und hält die Hand seiner Tochter. Auch Silvia weint vor Angst um ihre Freundin.

Noch in der kommenden Nacht erwacht Valentina. Ihr Vater und auch Silvia sind bei ihr. Ein Arzt kommt hinzu und sagt: „Schön, sie wieder zu haben, Frau Haller. Wie geht es ihnen? Bleiben sie liegen. Sie beide brauchen jetzt viel Ruhe."

Da Valentina fragend den Arzt ansieht, sagt er: „Frau Haller, sie sind schwanger."

Valentina beginnt zu weinen und Mark streichelt ihren Kopf. Silvia steht neben dem Bett und weint ebenfalls.

In den nächsten Tagen, kommen Silvia und Mark abwechselnd in das Krankenhaus, um sie zu besuchen. Ein Geschäftsführer sollte immer in der Firma sein. Mark unternimmt alles, ohne dass Valentina und Silvia etwas davon wissen, um Charly zu finden.

Nach 5 Tagen wird Valentina entlassen und Silvia bringt sie aus dem Krankenhaus. Valentinas Wunsch während dem Heimweg, sie möchte bei Charlys Haus vorbeischauen.
Als Silvia beim Haus anhält, sehen sie ein Schild, Haus zu verkaufen!

Valentina fängt bitterlich zu weinen an und Silvia bringt sie in ihre kleine Wohnung.

In der Zwischenzeit hat Mark, Charlys Auto ausfindig machen können. Sein Auto, steht bei einem Flughafen. Durch seinen Charme, bekommt er die Information von einer Flughafen-Bediensteten, dass Charly in die USA geflogen sei. Mehr kann sie jedoch nicht sagen.

Mark spricht Silvia darauf an und sie antwortet: „Charlys Vater war ein Amerikaner. Seine Eltern leben beide nicht mehr. Ich fürchte, er wird nicht mehr kommen. Er verkauft sein Haus und fliegt davon. Valentina wird daran zerbrechen. Warum weißt du das eigentlich?"

Mark: „Bitte sag Valentina nichts. Ich suche Charly vergeblich. Sein Handy ist permanent ausgeschaltet, trotzdem sende ich Nachrichten an ihn. Ich unternehme alles, um ihn für meine Tochter zu finden. Hättest du noch eine Idee, warum er in die USA geflogen ist? Gibt es noch Verwandte?"

Silvia: „Vaterseits, eventuell schon, aber ich habe keine Informationen."

Valentina verkriecht sich in ihrer kleinen Wohnung und möchte jeglichen Besitz aufgeben. Alles hat ohne Charly keinen Wert mehr für sie.

Silvia und auch Mark reden permanent auf sie ein, sie soll auf ihr Baby achten und keine Kurzschlusshandlungen unternehmen. Sie beharrt darauf, alles zu verkaufen und aus ihrem kleinen Schneckenhaus, möchte sie auch nicht ausziehen. Valentina übergibt ihre Firma an ihren Vater und an Silvia.

Die Erweiterung der Produktion, läuft auf Hochtouren, so wie Valentina es vor kurzem noch gewünscht hatte. Die dadurch entstehende Mehrarbeit, für Silvia und Mark, meistern sie gemeinsam.

Täglich besuchen sie Valentina in ihrer kleinen Wohnung, um nach ihr zu sehen. Valentina bunkert sich in ihrem Schneckenhaus ein.

Nur der Gedanke an das heranwachsende Baby von Charly, hält sie aufrecht. Jegliche Lebensfreude hat sie durch die Trennung von Charly, begraben. Um ihm nah zu sein, zieht sie sich täglich Nylonstrümpfe über ihre Beine. Dieses Verhalten beunruhigt Silvia massiv.

Aus diesem Grund, konfrontiert Silvia ihre Freundin Valentina: „Dein Verhalten, ist schon sehr bedenklich, Valentina. Als deine Freundin, ist es meine Pflicht, dir ins Gewissen zu reden. Du gibst deine Firma auf, um deinen gesamten Besitz loszuwerden. Du kleidest dich mit Nylonstrümpfen um Charly dabei nah zu sein. Süße, ich mache mir Sorgen um dich."

Valentina weint und sagt: „Er fehlt mir so sehr."

Silvia: „Ich weiß und ich kenne deinen Schmerz, wie kein anderer Mensch. Immerhin wurde ich auch von Charly verlassen. Lass Charly los und beginne dein Leben zu leben. Du wirst Mama, das sollte dich beflügeln."

Valentina: „Glaubst du, er wird zu mir zurückkommen?"

Silvia: „Süße, das weiß ich nicht. Zu mir ist er nicht mehr zurückgekommen. Es war ein Abschied für immer. Wenn ich ihm nicht zufällig in deiner Firma begegnet wäre, hätte ich ihn nie wieder gesehen. Wenn Charly seinen Weg geht, hält ihn nichts auf. Zumindest war es bei mir so. Aber, wenn du ihm ebenfalls irgendwann und irgendwo begegnen solltest, dann mach nicht denselben Fehler wie ich. Egal wie du darüber denkst, er hatte seine Gründe, zu gehen. Ob diese berechtigt sind, ist eine andere Sache."

Valentina: „Seine Gründe waren berechtigt. Ich habe mich falsch verhalten. Das ist mir erst bewusst geworden, als er mir sagte, er liebte einst, Lena."

Silvia: „Suche nicht die Schuld bei dir. Daran zerbrichst du, glaube mir."

Valentina: „Durch Charly, bekam ich mein Selbstwertgefühl zurück und dadurch vergaß ich, die kleinen Dinge im Leben zu schätzen und mich daran zu erfreuen. Mein Stolz überrannte mich förmlich und ich wollte mehr, ohne darüber nachzudenken."

Silvia: „Der weitere Grund seines Gehens, war ich. Mich trifft auch eine Schuld. Ich hätte meine Gefühle für dich, zügeln müssen."

Valentina: „Es lag nicht an unserer Küsserei. Das gefiel ihm doch. Mehr, wäre jedoch, nicht in seinem Interesse gewesen. Ich habe Charly einfach überfahren. Ich kann es sogar verstehen, dass er von mir geflüchtet ist. Von einer Minute auf die andere, änderte sich die Situation. Ich bin Valentina, Lena gibt es nicht mehr. Und so nebenbei, bin ich eine reiche Chefin. Ich hätte es ihm früher und mit mehr Feingefühl sagen müssen. Meine bescheuerte Rachsucht, konnte er sowieso nicht nachvollziehen. Zu Recht. Wozu hatte ich diese blöden Rachegefühle überhaupt?"

Silvia: „Süße, beruhige dich, denk an dein Baby."

Valentina legt ihre Hand auf ihren Bauch und sagt: „Du hast recht. Weißt du, ich glaubte meiner Mutter, durch diverse Aussagen und kombinierte alles falsch. Der betrogene, war eigentlich mein Vater."

Silvia: „Trotz allem, hätte Charly nicht einfach so verschwinden dürfen. Komm her zu mir, Süße."

Silvia umarmt ihre Freundin tröstend und versucht, ihr Mut zu geben: „Umso mehr du dich lösen kannst, desto schneller kannst du wieder Lächeln. Dein Baby wird es dir danken."

Valentina: „Danke für deine lieben Worte. Schön, dass es dich gibt."

Silvia: „Aus diesem Grund, hat man Freunde. Ich komme dich morgen wieder besuchen. Pass auf dich auf."

2 Monate später:

An Valentinas seelischen Zustand hat sich nicht viel verbessert. Nur ihr Bauch, der wurde zum Bäuchlein. Den Trennungsschmerz hat sie jedenfalls noch nicht überwunden. Unzählige Erinnerungsstücke von Charly, zieren ihre kleine Wohnung.

Täglich erzählt sie ihrem Babybauch, Geschichten von Charly. Ihre Beine verziert sie ebenfalls weiterhin mit Nylonstrümpfen. Alles soll so bleiben und auch sein, wie wenn Charly bald heimkommen würde. In ihrem kleinen Schneckenhaus, lebt sie diesen Traum.

Zur selben Zeit bei Valentina Mannequin, klopft es an der Tür des Geschäftsführer-Büros.

Silvia: „Ja, bitte?"

Charly tritt ein mit einem Vollbart und einer Tasche in der Hand. Silvia springt von ihrem Stuhl auf und fragt: „Wo warst du?"

Mark steht ebenfalls auf und sagt: „Wir werden dich nicht belehren oder verurteilen. Ich gehe davon aus, dass du Valentina suchst?"

Charly: „Ja, ich würde gerne mit ihr reden."

Mark: „Inwieweit hast du meine Nachrichten gelesen?"

Charly: „Nun, dass Valentina einen Schlaganfall hatte und dass sie schwanger sei."

Mark: „Okay, Charly. Sie ist nicht mehr in dieser Firma. Sie gab alles deinetwegen auf. Sie hat sich in ihrer kleinen Wohnung isoliert. Den Schlaganfall überstand sie ohne Schäden und ja, sie ist schwanger."

Silvia: „Bist du ohne Auto gekommen?

Charly: „Ja. Mein Auto war nicht auffindbar."

Mark: „Ich ließ es zu uns bringen. Die Flughafenaufsicht wollte es abschleppen lassen. Ein Abschleppwagen lud es auf und brachte es zu uns. Dein Auto steht jetzt in der hinteren Halle. Also, wenn du den Schlüssel dabeihast, steht deiner Fahrt zu Valentina nichts mehr im Weg."

Charly: „Danke Mark."

Umgehend geht Charly zu seinem Auto und fährt zu Valentinas Wohnung.

Er läutet an und Valentina öffnet die Tür. Charly steht vor ihr, mit Vollbart und einer Tasche in der Hand.
Valentina beginnt zu weinen und hält sich beide Hände vor das Gesicht. Sie starrt wie versteinert ihren Liebsten an. Erst Sekunden später wirft sie sich weinend um seinen Hals und sagt: „Charly, entschuldige bitte, ich muss dich umarmen."

Charly tut diese liebevolle Begrüßung sichtlich gut, er sagt: „Mir tut es leid"

Nach der minutenlangen Umarmung bittet sie ihn einzutreten: „Du musst mir nicht erklären was du getan hast und wo du warst. Es wird keine Vorhaltungen und Anschuldigungen geben."

In ihrer kleinen Wohnung gibt es nur ein Bett, ein kleines Tischchen mit 2 Stühlen. Kästen an der Wand und eine Kochzeile. Aufgeteilt in 2 Räume und ein kleines Bad.

Charly und Valentina setzen sich zu dem Tischchen. Sie sagt: „Wie geht's dir? Du siehst sehr müde und mitgenommen aus."

Charly: „Ich habe einen 26-stündigen Flugrodeo hinter mir."

Valentina: „Darf ich fragen, wo du warst?"

Charly: „Ich suchte das Elternhaus von meinem Vater. Ich hatte wenig Informationen. Wie auch immer, mein Weg führte mich nach Alaska, zur Schwester meines Vaters. Wie geht es dir? Du hattest einen Schlaganfall, warum denn das?"

Valentina: „Woher weißt du das?"

Charly: „Mark, schrieb mir Nachrichten die ich aber sehr spät lesen konnte."

Valentina: „Mein Vater? Nun, ich habe es überstanden."

Charly: „Ich war in deiner Firma, da ich dich suchte. Mark sagte mir, dass du jeglichen Besitz aufgegeben hast?"

Valentina: „Was ist der Reichtum wert, ohne die menschliche Liebe? Ohne dich, ist alles nichts wert. Um dir nah zu sein, ziehe ich jeden Tag Nylonstrümpfe an. Ja, es ist verrückt, ich weiß, aber ich fühle, dadurch dich. Ich habe es verstanden warum du gegangen bist."

Charly: „Warum hast du dich zurückgezogen? Deine Fortschritte waren doch großartig. Dein Selbstbewusstsein war schon da."

Valentina: „Es ist noch immer da. Es hatte mich überholt und es wollte mehr, und zog mich in seinen Sog. Nur, das bin ich nicht und möchte ich auch niemals sein. Charly, auch wenn ich Valentina heiße und Lena nicht mehr existiert, so bin ich im Herzen, deine Lena, als Valentina."

Charly rutscht mit dem Stuhl vor Valentina und legt dabei seine Hände auf ihre Knie. Bevor Charly etwas sagen kann, sagt Valentina mit einem Schmunzeln: „Es sind halterlose Nylonstrümpfe. Gewöhnliche Strumpfhosen, spannen auf meinem Bauch und das tut diesem besonderen Bauch, im Moment nicht gut."

Charly lächelt und sagt: „Ich freue mich über dein Bäuchlein. Dein Vater hat es mir geschrieben, dass du schwanger bist. Valentina, egal wie weit ich entfernt war, meine Gedanken an die damalige Lena, verfolgten mich wie ein

Schatten. Ich wünschte, Valentina und Lena wären vereint, wobei die einzigartige Lena, dominieren würde."

Valentina: „Ich bin Valentina als Lena. Durch deine Trennung habe ich viel verstanden. Meine Vergangenheit ist aufgeräumt und bereinigt. Trotz des Wiedererlangens meines Selbstbewusstseins, durch dich, möchte ich nicht, Chefin eines Unternehmens sein. Nicht aus Angst, sondern mir zu liebe. Ich brauche den ganzen Rummel nicht. In meinem kleinen Schneckenhaus, fühlt sich mein persönliches Ich, sehr wohl. Ich verkrieche mich nicht, sondern genieße mein Leben, so wie ich es wünsche. Noch etwas hat sich in mir verändert, oder anders gesagt, was ich wirklich fühle und wonach ich mich sehne. Durch deine Abwesenheit, war Silvia täglich bei mir. Eigentlich wäre es die Möglichkeit gewesen, mit ihr sexuell zu verkehren. Doch, ich empfinde keine sexuelle Anziehung, zu dieser wunderschönen Frau. Ich sehe sie gerne an, sie ist ein Genuss für die Augen und sie küsst verdammt gut, aber ich empfinde keine Lustgefühle."

Charly: „Generell, keine Lustgefühle? Daran hatten wir doch gearbeitet."

Valentina: „Meine Lustgefühle sind nicht verschwunden, sondern ziehen mich zu dem, was ich begehre. Zu meinem Erstaunen, gehört Silvia nicht dazu."

Charly: „Auch wenn ihr euch liebt, ginge es mich nichts an. Du entscheidest über deine Gefühle und deinen Körper."

Valentina: „Ich suchte nicht nach dir, denn dazu hatte und habe ich kein Recht. Deine Entscheidung war, mich zu verlassen. Jedoch besuchte ich dein Haus. Du hast es verkauft mit allen Erinnerungen."

Charly: „Genau aus diesem Grund. Sämtliche Erinnerungen an Lena sollten verschwinden. Das funktioniert jedoch überhaupt nicht."

Valentina: „Was ist der wahre Grund, deines Erscheinens, Charly. Mitleid? Mein nervender Vater, der dir Nachrichten sendet? Dass du Vater wirst? Oder ist es Lena?"

Charly: „Du, bist der wahre Grund. Meine Sehnsucht nach dir, trieb mich zu dir. Jetzt stellt sich mir die Frage, ob ich, dich überhaupt verdienen würde?"

Valentina: „Wie lautet deine ehrliche Antwort auf deine Frage?"

Charly schweigt und blickt ihr tief in die Augen und zuckt fragend seine Schulter nach oben.

Valentina: „Dann, werde ich dir diese Frage beantworten. Ja, du würdest es verdienen, wenn du es wirklich möchtest. Nun? Wie ist deine Antwort?"

Charly: „Ich würde sehr gerne, Valentina besser, oder neu, kennenlernen. Niemals nehme ich mir das Recht heraus, zurückzukommen, und alles ist vergessen. Ja, ich liebe dich über alles, Valentina."

Valentina weint vor Rührung und sagt: „Jetzt nimm mich doch endlich in deine Arme."

Während der Umarmung sagt Valentina weinend: „Kein Vergessen, keine Erklärungen, sondern, lernen wir daraus und finden wir gemeinsam unseren Weg. Ich liebe dich, mehr als du dir vorstellen kannst, Charly."

Nach einiger Zeit sagt Valentina: „Und, jetzt geh bitte duschen und lege dich schlafen. Du bist übermüdet und völlig fertig."

Valentina sitzt auf dem Bett, während Charly endlich schläft. Sie streichelt über sein Haar und ist dankbar für seine Rückkehr.

Charly schläft 14 Stunden am Stück und Valentina ist die ganze Zeit, in seiner Nähe.

Mark hat seine Tochter und Charly zu sich, in sein neues Haus, eingeladen.

Valentina trägt ein wunderschönes mehrfärbiges Kleid, das bei den Knien endet. Natürlich, sind ihre Beine mit halterlosen Nylonstrümpfen bekleidet. Charly hat sich ebenfalls schick und elegant gekleidet.
Nach der Besichtigung des Hauses von Mark und Silvia, speisen sie gemeinsam auf dem großen Tisch.

Mark fragt: „Was sind eure Pläne? Und wo werdet ihr leben? In der kleinen Wohnung, ist es doch viel zu eng."

Charly: „Egal wo wir leben, Hauptsache mit Valentina. Nur dort wo sie ist, ist auch mein Daheim."

Valentina lächelt Charly liebevoll an und ist sichtlich sehr glücklich und sagt: „Aus finanziellen Gründen, werden wir in der Wohnung bleiben."

Mark: „Valentina, die Firma ist erfolgreich geworden, durch deine Leitung der Geschäfte, aus dem Hintergrund. Ich habe sie lediglich geführt. Glaubst du, ich hätte dein Werk, deine Firma, je verkaufen können?"

Valentina ist verärgert und sagt: „Was meinst du damit? Ich sagte doch, ich will sie nicht mehr."

Silvia fügt sich ein: „Süße, es ist trotzdem deine Firma. Es steht dein Name auf jedem Produkt, das in dieser Firma produziert wird. Dein Vater, hätte es nicht über sein Herz gebracht, dich zu verkaufen. Du bist die Firma."

Valentina weint vor Enttäuschung: „Ihr habt mich hintergangen."

Mark nimmt seine Tochter in die Arme: „Nein, wir haben dich nicht hintergangen. Du lebst ärmlich und das tat dir gut. Was spricht dagegen, dass dein Konto trotzdem, deine verdienten Gewinne aufpolstert?"

Valentina dreht sich zu Charly und sagt: „Dies war nicht mein Wunsch und davon wusste ich nichts, Charly."

Charly: „Ich kann deinen Vater verstehen. Er liebt seine Tochter und sein Handeln ist aus Liebe zu dir."

Valentina: „Wo würdest du gerne leben, Charly? In den USA?"

Charly: „Nein. In Alaska ist es mir zu kalt. Ein Haus, das mit deiner Liebe gewärmt wird."

Charly und Valentina sind glücklich vereint und schaffen sich ihr trautes Heim, das sie gemeinsam finanzieren. Ein alter Bauernhof wird liebevoll renoviert und beide freuen sich auf ihre kleine Tochter.

Valentina ist zwar die Inhaberin von Valentina Mannequin, aber die Geschäfte führen, ihr Vater und Silvia zusammen.

Valentina bleibt ihrem Kleidungsstil treu und kleidet sich elegant, attraktiv und auch sexy. Ihr ausgiebiges Sex-Leben wird mit ihrer Fantasie erweitert und voll und ganz ausgelebt. Sie unterstützt Charly im Büro seiner Kfz-Werkstatt.

Die wahre und innige Liebe, hat sie zusammengebracht und wird für immer beständig bleiben.

ENDE DER GESCHICHTE

Theaterstücke von Manfred Bilinsky

Mein Wunsch für mich
https://www.theaterboerse.de/verlag/autor/256_bilinsky-manfred

Annabellas sonniger Schatten
https://www.theaterboerse.de/verlag/autor/256_bilinsky-manfred

Auf Umwegen zur Selbstfindung

Affären zur Glückseligkeit

Buch-Romane von Manfred Bilinsky

Zeichen der Liebe
Verlag: Re Di Roma-Verlag (2013) ISBN: 9783868705355

Der Kreis der Drei
Verlag: Re Di Roma-Verlag (2015) ISBN: 3868707913

Zweigleisige Begierde
Verlag: Re Di Roma Verlag (2017) ISBN: 9783961032075

Spiegelverkehrte Affären
Verlag: BoD (2018) ISBN: 9783743154155

Der intime Schlüssel
Verlag: BoD (2019) ISBN: 9783748158592

Die begehrte Sennerin
Verlag: BoD (2019) ISBN: 9783732287307

Eine verhängnisvolle Sucht
Verlag: BoD (2022) ISBN: 9783756222346

Eine (un)moralische Liebe
Verlag: BoD (2022) ISBN: 9783756200719

Die versteckte Schönheit
Verlag: BoD (2023) ISBN: 9783748156086